# Die Verheißung der Quelle

CHRISTIAN SIGNOL

W0464220

Reader's Digest

DEUTSCHLAND · SCHWEIZ · ÖSTERREICH

Die Kurzfassung in diesem Buch
erscheint mit freundlicher Genehmigung
des Autors und des Verlags.

DIE VERHEISSUNG DER QUELLE:
Die Originalausgabe *La promesse des sources* erschien bei Editions Albin Michel S. A., Paris

Nach der Übersetzung von Anna-Katharina von Staun

Cover, S. 3: Kevin Tweddell (Paar)
S. 143: VU/P. O. Deschamps



Printed in Germany

ISBN 3 87070 965 0

# Die Verheißung der Quelle

CHRISTIAN SIGNOL

Reader's Digest **BESTSELLER**

# 1

Ihr Vater hatte Constance die Schönheiten des Aubrac gezeigt: die Saumpfade, die sich zwischen riesigen bläulichen Felsen durchschlängelten, die blühenden Wiesen mit ihrem hohen Gras, das klare Wasser der Bäche, aber auch das reine, funkelnde Licht, das durch die Junisonne noch strahlender wirkte; und die Welt – jene Welt zumindest – war ihr unzerstörbar erschienen, als gehöre sie für immer ihr.

Sie war ein Kind gewesen, als sie auf derselben Straße, auf der sie auch an diesem Morgen entlangfuhr, nach Saint-Chély, Nasbinals oder Laguiole unterwegs gewesen waren zu jenen großen Weiten, wo das Glück hinter jeder Kurve zu warten schien, für alle Ewigkeiten eingeschrieben in den porzellanenen Himmel, der über ihr wachte, was Constance mit der Gewissheit erfüllte, dass nichts von dieser Welt jemals verschwinden könnte.

Und dennoch hatte sie alles, was zu diesem Universum gehörte, verloren.

Warum? Weil sie mit achtzehn hatte fliehen müssen, mit zu viel Leben im Herzen, im Bauch. In Paris hatte sie alles getan, um zu vergessen, um sämtliche Brücken hinter sich abzubrechen. Und sie war niemals zurückgekehrt. Sie hatte nur auf ihren Stolz gehört, hatte sich geweigert, ihrem Vater zu vergeben, der sie eines Abends, zum ersten Mal in ihrem Leben, geschlagen hatte.

Heute jedoch, auf dieser Heimfahrt, fragte sie sich, ob nicht sie es war, die vergeblich das Leben erwartet hatte. Das wahre Leben. Das andere, das sie verpasst hatte. Es hatte nur dieses Telegramms gebraucht, das sie heute Nachmittag im Büro erreicht hatte. Marie, die alte Haushälterin, hatte es geschickt. Ihr Vater war gestorben, war nun wieder mit ihrer Mutter vereint, die schon zehn Jahre zuvor aus dieser Welt gegangen war. Constance war gerade in einer Besprechung gewesen. Trotz aller Versuche, die Tränen zu unterdrücken, schossen sie ihr in die Augen.

Auf der Straße hatte sie eine rote Ampel überfahren, laut auf Pierre geschimpft, den sie über Handy zu erreichen versucht hatte und der nicht ans Telefon gegangen war. Gegen sechs Uhr abends war sie schließlich in ihre Wohnung gekommen, wo Vanessa auf dem Bett lag und Musik hörte. Ihre Tochter hatte sofort gemerkt, dass etwas passiert war.

„Mein Vater ist gestorben“, hatte Constance gesagt, und diese Worte hatten sie so erschüttert, dass sie erst etwas später hinzufügen konnte: „Ich muss hinfahren.“

Das „Ich begleite dich“ ihrer Tochter hatte ihr gut getan, aber sie wusste, dass sie allein sein musste, um ihren Lebensweg in der entgegengesetzten Richtung zurückzufahren. Man kann seine Kindheit mit niemandem teilen.

KURZ bevor es dunkel wurde, hatte sie die runden Hügelkuppen der Auvergne erblickt, und irgendetwas war ganz sanft in ihrem Herzen in Bewegung geraten, hatte sie schneller atmen lassen. Der Wind, der nach Harz und Tannennadeln roch, tat ihr gut. Sie ließ das Fenster offen, um diese Düfte einzuatmen, sie nahm sie tief in sich auf, und sie rissen auf ihrem Weg alles mit sich fort, was sich seit Jahren dort angesammelt hatte.

Und dabei hatte sich wirklich einiges ereignet seit ihrer Flucht! Direkt nach ihrer Ankunft in Paris hatte sie Pierre kennen gelernt, aber eigentlich hatte sie sehr schnell eingesehen, dass er nicht zu ihr passte. Eines Tages hatte sie genug gehabt, genug von seinen großartigen Plänen als Architekt, die er nie verkaufen konnte, von seinen ewig überzogenen Bankkonten, von dieser Unzuverlässigkeit eines verwöhnten Kindes, dem einfach alles zustand, sogar andere Frauen, sogar das Recht, ihren Beruf verächtlich zu machen, von dem sie immerhin beide lebten. Trotzdem hatten sie noch Vanessa bekommen als letzten Versuch, ein Schiff zu retten, das schon überall leck war. Constance hatte das oft bedauert, denn Vanessa hatte unter ihren Zerwürfnissen gelitten. Aber sie beruhigte sich damit, dass ihre Tochter, nachdem sie mit ihnen all diese Stürme durchsegelt hatte, mit ihren vierzehn Jahren heute dafür umso stärker war.

In ihrem Beruf hatte Constance mithilfe von durchgearbeiteten Nächten und Wochenenden mühsam Stufe um Stufe jener Leiter erklommen, die sie auf den verantwortungsvollen Posten in der Firma Sodeal gebracht hatte, der ihr heute die Sicherheit gab, einfach alles verkaufen zu können, sogar sich selbst. Fax, Handy, Voicemail, mit beinahe vierzig Jahren war sie pausenlos an die Firma angebunden, von der sie natürlich wirtschaftlich abhängig war, aber leider auch geistig …

Als ihre Mutter starb, war sie gerade in Kanada gewesen. Damals hatte sie kaum gelitten. Also warum jetzt diese Verzweiflung? Weil es jetzt keinen Zeugen mehr dafür gab, was ihr Leben achtzehn Jahre lang ausgemacht hatte? Die schönsten achtzehn Jahre, das wusste sie nur zu gut, die manchmal überraschend an die Oberfläche stiegen, mitten in einer Besprechung, bei einem Spaziergang, einem Essen, ausgelöst durch den Geruch nach warmem Kuchen, nach feuchtem Gras, oder wenn sie plötzlich den Käse ihrer Heimat auf irgendeiner Käseplatte erblickte.

Auf der Autobahn hatte sie nicht viel wieder erkannt von der Landschaft, die sie umgab, außer der düsteren, majestätischen Größe der Wälder, die sich im Scheinwerferlicht abzeichneten. Ich muss mir ein Hotel suchen, hatte sie gedacht, war aber trotzdem noch eine ganze Weile weitergefahren, bis wieder ein Rastplatz auftauchte. Auf dem Parkplatz dort hatten nur wenige Autos und fünf oder sechs Wohnwagen gestanden. Constance hatte ihren

Wagen zwischen zwei anderen geparkt, war dann nach hinten geklettert, hatte die Türen abgeschlossen, sich auf dem Rücksitz zusammengerollt und war sofort eingeschlafen.

Kurz vor Tagesanbruch war sie vom Zuschlagen einer Tür aufgewacht, und ihr war sehr kalt gewesen. Als sie aus dem Wagen gestiegen war, hatte der Geruch des taufeuchten Grases sie erschauern lassen. Wo war sie? Sie hatte keine Ahnung gehabt. Mit einer Flasche Mineralwasser hatte sie eine flüchtige Morgentoilette gemacht, dann war sie weitergefahren.

Als sie den Viadukt von Garabit erblickt hatte, war ihr klar geworden, dass sie sich kurz hinter Saint-Flour befand. Zu ihrer Linken hatten sich die waldigen Hügel der Margeride in Richtung Süden verloren, auf das Kalkplateau von Sauverterre zu. Ich muss im Departement Lozère sein, hatte sie gedacht. Die Welt war ihr wie neu erschaffen vorgekommen, unter den Strahlen einer gläsernen Sonne, die das Licht eher zu reflektieren schien, als es auszusenden. Hinter Marvejols war sie Richtung Millau gefahren. Nach weiteren zehn Kilometern war sie wieder rechts abgebogen, Richtung Espalion. In Saint-Laurent-d'Olt war sie ins Departement Aveyron gekommen.

Vor ihr schienen die Berge des Aubrac den reinen, funkelnden blauen Himmel herauszufordern. Genau auf dieser Straße war sie vor unzähligen Jahren immer mit ihrem Vater gefahren, und bei diesem Gedanken zerriss es ihr förmlich das Herz. Sie bog nach links auf die Landstraße, die nach Sauvagnac führte, ihr Heimatdorf. Die Straße stieg ein wenig in Richtung des Kalkplateaus an, fiel wieder ab, auf den Fluss zu, in dem Constance als Kind immer gebadet hatte und der hell aufschimmerte. Dann kam sie auf den Dorfplatz und blieb unter einer der großen Platanen stehen, gegenüber der Kirche mit den grauen Schindeln, der alten, mit dem für das Massif Central so typischen flachen, kalksteingedeckten Markthalle, den Geschäften, deren Farben, Schilder, Fensterläden sie so unverändert vorfand, als hätte hier die Zeit keine Macht über die Dinge.

# 2

La Retirade lag auf der anderen Seite von Sauvagnac, nur zweihundert Meter vom Dorfplatz entfernt, etwas höher und am Hang. Sobald sie vor dem großen Portal vorfuhr, durch das sie so oft nach Hause gekommen war, wurde sie plötzlich vor Tränen blind und musste mitten auf dem Weg anhalten. „Was habe ich bloß gemacht?“, fragte sie sich, ohne genau zu wissen, ob sie es eigentlich bedauerte, zurückgekehrt oder damals gegangen zu sein. Dann sah sie das Pförtnerhäuschen von Anselme und Marie, den Vertrauenspersonen ihrer Eltern. Die Fensterläden waren blau gestrichen worden, aber es war noch dasselbe niedrige Haus mit den zwei Treppenstufen vor dem Eingang, dem gräulichen Putz, der hier und da abbröckelte, was auf Constance den unangenehmen Eindruck machte, als sei das Haus unbewohnt. Weiter rechts erweckte das schwerfällige, massive zweistöckige, eher quadratische als rechteckige Haupthaus von La Retirade mit Schindeln, die den regionaltypischen Kalkschindeln nachempfunden waren, eher den Eindruck von Unvergänglichkeit. Ganz anders die Werkstatt auf der anderen Seite des Innenhofs: Dort war eine Scheibe der Glaswand zerbrochen, und die Metalltüren wiesen Rostspuren auf. Der Kies im Innenhof war noch derselbe wie damals, als Constance hier noch dem Hund hinterhergelaufen war oder ihre Mutter sie von der Haustreppe aus gerufen hatte.

Sobald Constance den Motor wieder anließ, um den Wagen zur Seite zu fahren, erschien plötzlich ein Hund und begann zu bellen. Es war genauso einer wie der, den sie vor zwanzig Jahren gehabt hatten, als sie fortgegangen war. „Ist das denn möglich?“, fragte sie sich, als sie die Autotür öffnete.

„Bobi“, sagte sie und streckte die Hand nach ihm aus.

„Dieser hier heißt Blacky“, erklang eine Stimme. „Er ist der Sohn von Bobi.“

Sofort erkannte Constance die kleine rundliche Frau wieder,

mit ihrem grauen Haarknoten und ihrer ländlichen Schürze. „Marie!“ Sie ging auf sie zu, umarmte sie und drückte sie einen Moment an sich.

Marie sah sie lächelnd an. „Wie lange ist das her!“, murmelte sie.

„Ja“, sagte Constance und fühlte sich getröstet.

„Komm! Du musst hungrig sein.“

„Ja, ein bisschen schon.“

Sie stiegen die drei Stufen hinauf, die in das große Haus führten, und betraten den Gang, wo Constance sofort den Duft von Bienenwachs roch, der ihre Kindheit begleitet hatte. Schon wieder überwältigte sie die Flut der Erinnerungen, die durch den flachen Hefekuchen, den Marie aus dem Ofen holte, noch auf die Spitze getrieben wurde. Immer noch beklommen, hatte sich Constance gesetzt, sah sich um und stellte fassungslos fest, dass sich in den letzten zwanzig Jahren gar nichts verändert hatte. Die massiven Holztüren der Hängeschränke hatten immer noch ihre etwas finstere Färbung, die Spüle ihre Sandsteinfarbe, und der Topf, in dem der Kaffee aufgewärmt wurde, war immer noch weiß mit blauen Blümchen.

Marie goss Kaffee ein, setzte sich ihr gegenüber und fragte sanft: „Willst du ihn sehen?“

Constance zuckte zurück und erklärte barsch: „Nicht sofort. Das kann ich nicht.“

„Ja, natürlich“, sagte Marie. „Iss, mein Kind!“

Sie hatte sie immer „mein Kind“ genannt, und an diesem Morgen, an dem Constance nunmehr weder Vater noch Mutter hatte, tat es ihr wohl.

„Gut, dass du wenigstens da bist.“ Sie schluckte mühsam einen Bissen Hefekuchen hinunter. „Erzähl!“, fügte sie hinzu.

Marie seufzte und begann von jenen Jahren zu berichten, in denen Constance fort gewesen war: die wachsenden Schwierigkeiten der Messermanufaktur, das Dorf, das immer verschlafener wurde, die Zeit, die verging, ihre Eltern, die vom Kummer darüber gezeichnet waren, dass ihr einziges Kind weit weg von ihnen in Paris lebte, einfach nur einer dummen Geschichte wegen.

„Ja, so kann man es wirklich nennen“, sagte Constance.

Einen Augenblick lang herrschte Schweigen, das aber durch die kräftige Stimme eines Mannes auf dem Hof unterbrochen wurde.

„Das ist Anselme“, erklärte Marie.

„Geht es ihm gut?“

„Auch er wird allmählich alt. Du weißt, das Geschäft geht sehr schlecht.“

„Ja“, sagte Constance, „wie überall.“

Schweigend und traurig sahen die beiden Frauen einander an.

„Hat er gelitten?“, fragte Constance leise.

„Nein, ich glaube nicht. Der Infarkt kam wie ein Blitz. Als Anselme ihn gefunden hat, war er bereits tot.“ Marie wischte den Tisch ab. „Erzähl mir doch ein bisschen von dir. Bist du glücklich da oben?“

Constance antwortete nicht gleich. „Glücklich? Ich weiß gar nicht so genau, was das ist.“

„Du bist verheiratet, nicht wahr?“

„Geschieden.“

„Und du hast ein Kind.“

„Ein Mädchen: Vanessa.“

Marie nickte gedankenverloren. „Du bist wahrscheinlich die ganze Nacht lang gefahren. Du solltest hinaufgehen und dich ausruhen.“

„Wo denn?“

„In deinem Zimmer natürlich! Da hat sich nichts verändert, du wirst schon sehen.“

Constance folgte Marie die Treppe hinauf. Sie stellte fest, dass sie jedes Stufenknarren wieder erkannte. Als Marie die Tür öffnete, zögerte Constance kurz und wagte sich langsam in das vor, was sie früher einmal ihr Reich genannt hatte. Dann streckte sie sich auf dem Bett aus, ohne sich um Marie zu kümmern, die wieder hinunterging, und schloss die Augen. Ein Strudel von vergessenen Empfindungen riss sie fort. Schnell schlug sie die Augen auf und ließ ihren Blick zärtlich über die Tapete mit den grünen Blümchen, den Sessel neben ihr, ihren Schülerschreibtisch, ihre Bücher, ihr Spielzeug gleiten. Dies war ihr früheres Leben, das sie niemals hätte verlassen dürfen.

Sie war ruhiger geworden und schlief eng zusammengerollt ein, als gäbe es um sie herum nichts auf der Welt als dieses wieder gefundene Nest.

AM NACHMITTAG musste sie die Besucher empfangen, die gekommen waren, um den Toten noch einmal zu sehen, wie es hier auf dem Land noch üblich war. Es gab so viel zu tun, dass ihr kaum die Zeit blieb, im Büro anzurufen. Glücklicherweise konnte sie zwischendurch Wiedersehen mit Anselme feiern, der ganz unverändert war: groß, mit sicheren Gesten und ruhiger Stimme.

Danach hatte sie keine Minute mehr für sich. Sie musste sich sogar einer Telefonkonferenz stellen, die ihre Sekretärin auf den Wunsch ihres Chefs hin organisiert hatte. Während des Abendessens hörte sie dann trotz aller Müdigkeit Anselme zu, der ihr erklärte, in welch schlimmer Lage sich die väterliche Manufaktur und ihre zehn Angestellten befanden: Es gab zu viele Hersteller für Laguiole-Messer. Die Konkurrenz war geradezu beängstigend; die Firma hatte Schulden.

„Mach dir keine Sorgen“, sagte Constance. „Ich werde mich darum kümmern. Der Bürgermeister hat gesagt, es gebe Kaufinteressenten.“

„Du wirst doch nicht verkaufen wollen?“, fragte Marie besorgt.

„Ich wüsste nicht, was man sonst machen könnte.“

Anselme senkte den Kopf und schwieg.

Constance hatte keinen Hunger. Sie ging auf ihr Zimmer, um

sich auszuruhen, versuchte zu vergessen, was eben gewesen war, und ihren Mut zusammenzunehmen, um die Treppe wieder hinabzusteigen, in das Büro im Erdgeschoss zu gehen, wo man ihren Vater für die Besucher aufgebahrt hatte. Sie hatte sich bereit erklärt, bis Mitternacht bei ihrem Vater zu wachen, dann würde Marie sie ablösen, danach Anselme. Aber woher sollte sie die Kraft dazu nehmen? Wie sollte sie die Schuldgefühle vergessen, dass sie sich geweigert hatte zu verzeihen?

Trotzdem ging sie die Treppe hinunter, öffnete langsam, ganz langsam die Tür zum Büro, und dann sah sie ihn: die Augen geschlossen, mit ausgemergelten Zügen, vielleicht abgemagert, aber er war so groß und so stark, dass sie sich unwillkürlich fragte, warum er sich nicht bewegte. Sie wandte den Blick ab und setzte sich mit dem Rücken zu ihm an den Schreibtisch, um ihn nicht mehr sehen zu müssen.

Sie begann, die Schubladen aufzuziehen, und entdeckte einen Briefumschlag, auf dem ihr Name stand. Sie riss ihn mit zitternden Händen auf und las:

> Meine kleine Tochter!
> Wenn du diesen Brief eines Tages findest, werde ich nicht mehr sein. Aber ich will, dass du weißt, wie sehr ich es jeden einzigen Tag meines Lebens bedauert habe, dass ich es nicht verstanden habe, dich halten zu können. Und dass du weißt, dass ich an jedem Morgen beim Aufstehen gehofft habe, dass du plötzlich im Hof stehst, so wie damals, wenn du sonnabends aus Rodez zurückkamst. Du bist fortgegangen, weil ich dich eines Abends geschlagen habe. Weißt du, meine Tochter, ich hatte selbst eine harte Kindheit und wusste nicht, dass man seine Kinder auch erziehen kann, indem man ihnen zuhört und sie in den Arm nimmt. Ich habe dir so viele Küsse zu meinen Lebzeiten nicht geben können. Aber du sollst wissen, dass dich, wo auch immer ich nun sein mag, jeden Morgen ein Kuss von mir begleiten soll.
>
> Ich will dir auch noch sagen, dass ich mich mein ganzes

Leben lang bemüht habe, schöne Messer herzustellen. Das war mein Beruf. Ich gehe nun daran zugrunde, dass ich nicht mehr weitermachen kann. Ich bitte dich nicht, die Werkstatt als meine Nachfolgerin zu übernehmen. Dazu habe ich kein Recht. Ich habe überhaupt kein Recht mehr auf dich als das, dich zu lieben.

Henri Pagès

Constance floh mit dem Blatt in der Hand aus dem Büro, um Marie Bescheid zu sagen, dass sie jetzt schlafen müsse, so sehr fühlte sie sich ausgelöscht, zerbrochen von Reue und Schuldgefühlen. Sie nahm eine Tablette und fiel in einen von bedrohlichen Schatten bevölkerten Schlaf.

Wie immer, wenn sie Schlafmittel nahm, konnte sie sich am nächsten Morgen kaum auf den Beinen halten. Gott sei Dank nahmen Marie und Anselme sie während der Beerdigung in die Mitte. Die Beerdigung war schlicht, so wie es in jenen Dörfern üblich ist, in denen man noch weiß, dass der Tod zum Leben dazugehört. Die Besucher vom Vortag und noch andere – eigentlich das ganze Dorf – defilierten an Constance vorbei, um ihr mit genau den richtigen, ehrlich klingenden Worten zu kondolieren, und wahrscheinlich waren die meisten auch wirklich so gemeint. Erst hinterher, nachdem sie sich in kleinen Grüppchen entfernt hatten, würden sie wahrscheinlich ihre Kommentare zu ihrer Rückkehr abgeben, würden diese Fremde aus Paris mit dem Mädchen vergleichen, das vor zwanzig Jahren von hier geflohen war.

Constance stand nun allein vor dem Grab – Anselme und Marie hatten sich diskret zurückgezogen – und dachte wieder an den Brief, den sie im Büro gefunden hatte.

Was wog in diesem Augenblick ihres Lebens so schwer? Der Himmel? Nein, es war ein leichter Junihimmel, von einem zittrigen Blau und von feinen, milchigen Wolken durchzogen. Es war also ihr Herz oder vielleicht auch nur dieses Blatt Papier, das sie in ihre Handtasche neben ihren Terminkalender und ihre Kreditkarte gesteckt hatte, Hilfsmittel oder auch jämmerliche Überbleibsel eines Lebens, von dem sie nicht mehr wusste, wie sie es hatte leben können.

## 3

Antoine Linarès sah in den flimmernden Morgenhimmel hinauf und beobachtete zwei Geier, die hoch in den Lüften kreisten. Die letzten Speere des Morgenrots ragten träge in einen blassblauen Himmel. Ein Blau wie am ersten Schöpfungstag, überlegte Antoine, eine vom Menschen befreite Schöpfung: Das war für ihn die Morgendämmerung auf der Causse Méjean.

Hinter ihm wartete in einem alten, ramponierten Kastenwagen ein weiterer Greifvogel, ein schwarzer Milan. Er würde den Milan freilassen, ein seltener, aufregender Moment. Denn Antoine wusste, dass man verletzte Raubvögel nur selten wieder freilassen konnte. Wenn sie sich nicht wieder vollständig regenerierten, verhungerten sie.

An diesem Morgen war Antoine Linarès wegen des Milans einigermaßen im Einklang mit sich selbst. Ganz anders stand es mit seinem Alltag. Er war Journalist, beim *Echo du Midi*, was bedeutete, dass sein Leben mit Nichtigkeiten ausgefüllt war, die sich zu einer ziemlichen Belastung summierten. Es waren weniger die ständigen Fahrten von einer Ecke der Region in die andere. Es waren vielmehr all die menschlichen Eitelkeiten, mit denen er in diesem Beruf ständig konfrontiert wurde und die es ihm gleichzeitig unmöglich machten – die Provinzpresse sieht es als ihre Verpflichtung an, vorsichtig zu sein –, sich, wenn es nötig war, tatsächlich zu engagieren, und sei es auch nur im allerbescheidensten Rahmen.

Antoine hatte es oft versucht. Er hatte es auch noch immer nicht aufgegeben, aber jedes Mal lief es auf den gleichen zermürbenden

Konflikt mit den Lokalgrößen und daraufhin auch mit der Chefredaktion hinaus. Diese Scharmützel hatten Antoine allmählich isoliert, doch das störte ihn nicht, im Gegenteil. Man behielt ihn, denn er war ein guter Journalist: Er dachte schnell, und er konnte schreiben. Und er blieb, weil er nichts anderes konnte, und vor allem, weil er nicht fortgehen, woanders leben wollte, fern vom Méjean und seinen geheimen Winkeln.

ALS ANTOINE die Tür seines Wagens beiseite schob, drehte ihm der Milan, der sich bis dahin in seinem Käfig auf der Rückbank nicht gerührt hatte, den Kopf zu. Mann und Vogel kannten sich nun schon so lange, dass sie mit Blicken kommunizieren konnten. Sie hatten sechs Monate zusammengelebt.

Er hatte ihn eines Nachmittags im letzten Winter gefunden, eingeklemmt zwischen zwei Steinen mitten in der Felswüste von Montpellier-le-Vieux, einen Vogel mit verletzten Flügeln. Was war schuld? Wer war schuld? Man würde es nie erfahren. Er hatte nur so getan, als wehre er sich ein wenig, als Antoine ihn in die Hände genommen hatte und ihn dann, leise auf ihn einredend, unter seine Jacke gesteckt hatte. Er hatte schon immer diese Macht über Raubvögel gehabt.

Es hatte sich nach und nach herumgesprochen in den Dörfern auf dem Kalkplateau, und man brachte ihm gar nicht so selten einen verletzten Greifvogel. Meistens Bussarde oder Milane, manchmal auch Sperber, Habichte, selten einmal einen Mönchsgeier, der im Kampf mit einem Adler verletzt worden war, einem Zwergadler, seine Lieblinge.

Antoine zog die Lederhandschuhe an, weniger um sich vor dem Schnabel des Vogels zu schützen als vor den für seine Beute tödlichen Krallen. Er hob den Milan hoch, der sich auf seine Hand gesetzt hatte und mit den Augen nach dem Fleisch in der anderen Hand suchte, aber da war kein Fleisch. Der Vogel wendete den Kopf in alle Richtungen und sah Antoine fragend an.

„Ja, das ist die große Stunde“, sagte er. „Los, mein Freund!“

Es war sinnlos zu warten. Entweder es klappte gleich oder nie. Mit Schwung streckte er seine Hand gen Himmel und hielt in seiner Bewegung inne: Der Vogel hob überrumpelt ab und flog los. Antoine fühlte sich mit sich und der Welt im Einklang. Er sah noch einen Moment zu, wie der Vogel in den wolkenlosen Himmel aufstieg, bis er kaum weniger hoch als die Geier war, dann drehte der Milan zwei oder drei Runden über Antoine, der die Augen abwandte: Er durfte nicht länger bleiben, das hieße, den Greifvogel mit bequemer Fütterung in Versuchung zu führen. Er stieg in den alten Kastenwagen, das einzige Fahrzeug, das ihm auf diesem verlassenen Kalkplateau angemessen schien.

VON DER Méjean-Hochebene nach Massobre brauchte man eine Dreiviertelstunde mit dem Auto. Auch wenn Antoine schon seit fünf Jahren hier lebte – er wurde des Anblicks nie müde, den das winzige, an die Steilwand geduckte Dorf ihm bot, wenn er um eine bestimmte Kurve bog: sehr graue, mit Kalkschindeln gedeckte Steinhäuser und ein paar altmodische Scheunen, die sich um eine alte, nicht mehr benutzte Kirche drängten. Er war dort nach dem Tod seiner Mutter hingezogen, denn er hatte seinen alten Vater nicht allein lassen wollen. Und inzwischen fühlte er sich nur in Massobre wirklich lebendig, wegen der Vögel, dort, auf der anderen Seite der Tarn-Schlucht, auf der Schwelle zu einer Welt, wo das Herz im Wind schlug.

In Rodez hatte er noch eine winzige Wohnung, weil er dort arbeitete. Im Winter fuhr er nicht jeden Abend nach Hause, musste dann aber pausenlos an seinen Vater denken und schlief sehr schlecht.

Zu dieser Morgenstunde wusste er immer, wo sein Vater zu finden war: auf der obersten der drei kleinen Terrassen, aus denen der Garten bestand. Dort hatte er einen Gemüsegarten angelegt, mit dessen Pflege er den größten Teil seiner Tage verbrachte. Die übrige

Zeit kümmerte er sich um die Voliere, die beinahe die gesamte mittlere Terrasse einnahm; ein wenig von Antoines Begeisterung hatte sich auf ihn übertragen.

„Hallo, mein Sohn! Der Vogel ist also davongeflogen? Und dabei war es so ein schönes Tier. Aber irgendwann heißt es immer Abschied nehmen."

Sein Vater hatte Antoine nie bei seinem Vornamen genannt, sondern immer „mein Sohn". Kein moderner Vater tat das, nur der seine. Anarchisten werden zwar niemals wirklich alt, aber modern sind sie auch nicht. Schon immer hatte Antoine aus diesem „Sohn" so etwas wie „Kamerad" herausgehört oder – wie nannten sie es da drüben? – *compañero*; und das erfüllte ihn mit heimlichem Stolz.

1939 war der damals neunzehnjährige José-Luis Linarès wie zehntausende andere aus dem besiegten republikanischen Spanien geflohen. Als Mitglied der CNT, des „Nationalen Bundes der Arbeit", gehörte er zu jenen, die Barcelona gleichermaßen gegen die Anhänger Francos wie gegen die Stalinisten verteidigt hatten. Von den einen umzingelt, von den anderen gejagt, hatte er es in jenem eiskalten Winter über die Berge bis nach Frankreich geschafft und war gerade noch den Fängen der Nationalisten entkommen. Er hatte Bekanntschaft mit den Flüchtlingslagern gemacht.

Er war ein Jahr lang in Argelès geblieben, dann war er geflohen. Er hatte auf einem Bauernhof gearbeitet, bevor er in die Résistance gegangen war, in der er seine wahre Identität hatte geheim halten müssen, denn die Widerstandsgruppe, der er beigetreten war, wurde von den gleichen Kommunisten geführt, die maßgeblich an der Liquidation der spanischen Freiheitsbewegung beteiligt gewesen waren.

Dann war der Krieg zu Ende gewesen. José-Luis hatte seine Jugendliebe wieder getroffen, Pilar, die ebenfalls 1939 via Col du Perthus über die Berge geflohen war. Sie hatten geheiratet und versucht, sich als Landarbeiter durchzuschlagen. Schließlich hatte wenigstens er eine Anstellung als Maurer gefunden. Sie hatten sich viel Zeit gelassen, ehe sie ein Kind in die Welt setzten: einen Sohn, den sie Antoine nannten. Ein französischer Vorname, sicherheitshalber …

Jedes Mal wenn Antoine nach Hause zu seinem Vater nach Massobre fuhr, musste er an den langen und schweren Weg denken, der José-Luis bis dorthin geführt hatte. Vielleicht lag es daran, dass er eine Stunde zuvor dem Milan die Freiheit wieder geschenkt hatte, dass er es nun so schlecht ertrug, den alten Mann über sein Fleckchen Erde gebeugt zu sehen. Gebeugt, beinahe gebrochen, mit siebenundsiebzig Jahren, nach einem Leben voller Niederlagen und im Exil: Am Ende standen drei Reihen Porree, ein paar Tomaten … An manchen Tagen hätte Antoine bei diesem Gedanken am liebsten geweint.

War er denn selbst mit seinen 43 Jahren weniger besiegt als sein Vater? Schon seit Jahren, seit er in Massobre lebte, versuchte er, diese Geschichte zu erzählen. Er hatte sich geschworen, ein Buch zu schreiben, das dem alten Mann, seinem ehemaligen Traum und seinem Leben gerecht würde.

Seit Jahren schrieb er immer wieder die gleichen zwanzig Seiten, und er brach immer da ab, wo er seinen Vater in die Geschichte hätte einführen müssen. Jedes Mal packte er die Blätter in einen roten Hefter, auf dem sich dann schon bald die langweiligen Artikel für die Zeitung stapelten.

Heute Morgen war es plötzlich zu viel; vielleicht wegen des Milans, bestimmt aber wegen der drei Porreestangen und der vier Tomaten, über die sein Vater gebückt stand. Sein Vater war früher kräftig gewesen, hart und unempfindlich gegen Schmerzen. Jetzt war er mager, und auch wenn er nicht klagte, so verzog er doch das Gesicht, denn er litt. Das Werkzeug in seinem Arm war zu schwer. Zornig ergriff Antoine den roten Hefter. Er zerriss wütend die zwanzig Seiten. Auf keinen Fall durfte der alte Mann sie eines Tages entdecken.

# 4

In der Woche nach ihrer Rückkehr nach Paris hatte Constance pausenlos an das Dorf denken müssen, an die Fabrik, an Anselme und Marie und an den kleinen Friedhof, auf dem nun ihr Vater und ihre Mutter ruhten. Im Büro war sie wie abwesend gewesen, mit der Konsequenz, dass sie mehrfach vom Generaldirektor zur Ordnung gerufen worden war. Sie hatte um zwei freie Tage gebeten – zu einem äußerst ungelegenen Zeitpunkt, wie ihr der Leiter der Personalabteilung zu verstehen gegeben hatte.

Pierre war entzückt gewesen, von der Verantwortung für Vanessa befreit zu sein, umso mehr, als gerade die Sommerferien begannen und er behauptete, in Arbeit zu ersticken. „Nächsten Freitag nehme ich dich mit“, hatte Constance ihrer Tochter versprochen. Da Constance in der vorigen Woche erfahren hatte, dass es eine Linienmaschine ins Departement Aveyron gab, hatten sie am Freitag das Flugzeug nach Rodez genommen und waren dort bei Einbruch der Nacht gelandet.

Auf dem Weg nach Sauvagnac hatte Anselme, der am Steuer saß, Constance mit hunderten von Fragen bedrängt. In La Retirade hatte sie am nächsten Morgen kaum die Zeit gehabt, Vanessa alles zu zeigen und sie auf den Friedhof mitzunehmen. Denn alle Welt versuchte, sie zu einer Entscheidung bezüglich der Fabrik zu bewegen, aber die einzelnen Ansichten waren so widersprüchlich, dass es ihr schwindelte.

Trotzdem hatte sie alle angehört, als Erste Anselme und Marie. Vor allem Anselme hatte seine Zurückhaltung von neulich abgelegt und sich vehement für das Aufrechterhalten der Manufaktur eingesetzt – das Aufrechterhalten und die Wiederbelebung der Geschäfte. Es ging ihm um zehn Männer, die arbeitslos würden, zehn Familien, die erst in Not gerieten und dann wohl fortziehen müssten. Die Schule würde schließen, die wenigen Geschäfte würden aufgegeben, die Fensterläden heruntergelassen werden.

Um zu überleben, müsste man expandieren: „Jedermann macht heutzutage Laguiole-Messer, verstehst du? Beinahe hundert Unternehmen. Echte, nachgemachte, die ganze Palette. Angeblich gibt es in Paris kein Abendessen mehr, wo nicht jemand so ein Messer präsentiert und behauptet, es sei von seinen Großeltern, und dann seine halbe Kindheitsgeschichte dazu erzählt. Man könnte glauben, dass sie alle aus dem Aveyron stammen. Sie machen sogar Laguiole-Stifte! Eines Tages werden sie auch Badeanzüge aus Kuhhörnern herstellen!"

Constance hatte sich das Lachen nicht verkneifen können. „Was wäre deiner Meinung nach also zu tun?", fragte sie.

„Wir müssen ein anderes Messer herstellen."

Constance hatte nicht verstanden, wie Anselme das gemeint hatte, umso weniger, als Anselme die restlichen Gründe angeführt hatte: Das Werk ihres Vaters musste fortgeführt werden, die Treue ...

Die Treue. Allein bei dem Wort begann Constance zu zittern. War sie nicht diejenige, die gegangen war? Diejenige, die nach etwas anderem gesucht hatte? Die ein verrücktes Leben geführt hatte? Die jetzt, mit all ihrer Erfahrung, jedem einfach alles verkaufen konnte? Dies Leben hatte eine Scheidung mit sich gebracht und zahllose Entsagungen. Aber das Schlimmste war die Selbstverleugnung. Denn wozu sie erzogen, worauf sie vorbereitet worden war in einem Dorf, in dem man den Wert der Dinge und der Menschen zu erkennen wusste, war eigentlich die Weiterführung einer Manufaktur, in der die Qualität kultiviert wurde, in der man schöne, liebevoll gearbeitete Stücke herstellte und in der man wegwarf, was es nicht wert war, verkauft zu werden. Sie war jedenfalls diejenige, die vor alldem davongelaufen war.

Auch den anderen hatte sie zugehört. Zunächst dem Buchhalter, der aus Rodez gekommen war. Bei ihm waren die Dinge wenigstens klarer gewesen, denn es ging um Zahlen: zwei Millionen Francs Schulden, sechs Monate Rückstand mit den Sozialabgaben und ein beinahe leeres Auftragsbuch.

Auch er hatte von der Konkurrenz gesprochen, aber auch davon, dass das Unternehmen altmodisch geführt worden sei, von Maschinen, die überholt, ja sogar gefährlich waren. Der alte Pagès hatte sich nur für das Endprodukt interessiert. Er war ein Anhänger der Handarbeit geblieben; er war überzeugt gewesen, dass es reichte, gute Arbeit zu leisten, um sie dann verkaufen zu können. Richtig wäre es gewesen, einen tüchtigen Marketingexperten einzustellen und eine aggressive Verkaufsstrategie auszuarbeiten. Kurz und gut, es sei wohl besser, Konkurs anzumelden, bevor es zur Katastrophe komme. Vielleicht gebe es einen Käufer. Einen solchen zu suchen sei jetzt das Dringendste.

Constances Blick war düster geworden. Ein Käufer... Sie hatte Sylvain Delpeuch wieder vor sich gesehen, den Bürgermeister des Dorfes. Er war genauso alt wie sie, aber sie hatte ihn kaum wieder erkannt.

Der Bürgermeister war Weißgerber. „Es ist hart", hatte er erklärt. „Übrigens ist alles hier schwierig. Wenn ich verkaufen könnte..." Kurz und gut, er kenne einen Käufer, der sich für La Retirade interessiere. Ungläubig und mit einem leicht unguten Gefühl war Constance ausgewichen.

An diesem Montagmorgen jedoch konnte sie sich nicht drücken, denn Anselme erwartete sie in der Manufaktur. Es waren nur drei Schritte, nur einmal quer über den Hof von dem soliden Haus La Retirade bis zum Werksgebäude, das Constance plötzlich sehr heruntergewirtschaftet und verfallen erschien. Instinktiv verlangsamte sie ihren Schritt. Was würde sie vorfinden? Was fürchtete oder hoffte sie vorzufinden? Würde sie überhaupt etwas finden?

Sie ging zu Anselme, der sie in dem Kabuff erwartete, das ihrem Vater als Büro gedient hatte. Sie erkannte alles wieder oder wenigstens beinahe, und genau das war das Problem. In den vergangenen zwanzig Jahren war die Manufaktur einfach nur älter geworden. Auf einem Tischchen standen gerade einmal ein Faxgerät und ein kleiner Computer, der schon wieder veraltet war. Constance konnte sich ihren Vater nur schlecht davor vorstellen, aber was wusste sie denn eigentlich wirklich von ihm?

Ganz wie es der Buchhalter in seiner verächtlichen Schilderung gesagt hatte, befanden sich in der Werkstatt noch immer dieselben Schleifsteine, dieselben Polier- und Schlossereiwerkzeuge. Der Putz an den Wänden blätterte in großen Platten ab, von Lepra befallen, von der Constance sich entmutigt fragte, ob sie nicht vielleicht auch schon die Männer hier angesteckt hatte. Nein. Die Männer arbeiteten hier. Zehn. Anselme stellte sie ihr einen nach dem anderen vor.

Natürlich, die älteren von ihnen hatten sie als kleines Mädchen gekannt, und sie konnte sich vage an sie erinnern. An den jüngeren hing wahrscheinlich das Überleben des Dorfes. Einer erregte ihre besondere Aufmerksamkeit, blond und höchstens zwanzig. Als sie sich über seine Gegenwart hier wunderte, erklärte Anselme ihr, dass er Laurent heiße. Einfach nur Laurent, oder hatte sie den Nachnamen nur nicht verstanden? Aber das war auch unwichtig. Wichtig war es vielmehr zu wissen, was sie mit all diesen Männern machen sollte.

Schon vor seinem Tod hatte ihr Vater einige entlassen müssen, und das war vermutlich erst der Anfang gewesen. Constance spürte die Blicke schwer auf sich lasten, neugierige, fragende, leicht feindselige Blicke. Sie wagten noch nichts zu sagen, warteten ab, dass sie zuerst das Wort ergriff. Sie war die Tochter des Chefs, ja, aber würde sie jemals ihre Chefin werden? Sie hatte in Paris Karriere gemacht, das wussten sie. Ihr Leben war dort. Und sie, die in dieser Werkstatt, die nur noch kraft alter Gewohnheit zusammenzuhalten schien, Klingen schärften, was waren sie denn schon in ihren Augen?

Sie sprach mit stockender Stimme, wandte sich häufig an Anselme, wie um ihn als Zeugen anzurufen, und die Vagheit ihrer Vorstellungen enttäuschte die Männer. Also nahm sie sich zusammen und erklärte, dass sie, wie auch immer ihre Entscheidung ausfallen werde, für den angefangenen Monat den vollen Lohn erhalten würden. Zu guter Letzt wünschte sie ihnen frohes Schaffen und kam sich dabei wieder lächerlich vor, so lächerlich, dass ihr Abgang aus der Werkstatt einer Flucht glich.

Das blendend helle Sonnenlicht, die Hitze, die seit dem Morgen immer sengender geworden war, nagelten sie einen Augenblick lang auf der Schwelle fest. Sie schloss die Augen und seufzte. Sie fühlte sich niedergeschlagen. Als sie sie wieder öffnete, stand ein Mann vor ihr.

„Madame Pagès?“, fragte er.

„Ja.“

„Antoine Linarès. Ich bin Journalist beim *Echo du Midi.* Journalist, Journaille, Kanaille …, ganz, wie Sie wollen.“

Diese Verächtlichkeit, diese provokante und ein wenig zur Schau getragene Bitterkeit rührten sie sofort. Doch gerade die zynische Einführung, dieses gleichermaßen offene wie desillusionierte Lachen bewiesen, dass man ihn nicht so leicht zum Narren halten konnte.

„Was wollen Sie von mir?“, fragte Constance verwundert.

Der Mann war groß, dunkel, ziemlich gut aussehend, wirkte ernst und hatte doch etwas Kindliches im Blick.

„Es wird hier in den letzten Tagen viel von Ihnen gesprochen, Madame. Wir sind auf dem Land, also wird zwangsläufig geredet. Und da es mein Beruf ist, mit den Leuten zu reden, über die geredet wird, tue ich nur meine Arbeit.“ Er schwieg einen Moment, lächelte wieder und forderte sie mit seinen schwarzen Augen heraus.

„Und Sie? Wie erledigen Sie die Ihre?“, fragte er dann brüsk.

Constance erstarrte. Was hatte dieser Mann gegen sie?

„Wovon reden Sie eigentlich genau?“

„Von dieser Fabrik, die Sie sich entschlossen haben zu verkaufen.“

„Wie bitte?", stammelte Constance völlig verblüfft. „Wer hat Ihnen erzählt, dass ich verkaufe? Davon weiß ich ja selbst noch gar nichts."

„Sagen wir, man erzählt es sich. Selbst Monsieur Delpeuch, der großartige Bürgermeister dieses Dorfes…"

„Großartig" war überflüssig. Schon wieder verriet ihn sein Tonfall. Und dieses Lächeln, das seine blendend weißen Zähne entblößte, links und rechts von einer tiefen Falte eingerahmt, machte Constance eher neugierig als unruhig.

„Der Bürgermeister mag erzählen, was er will", antwortete sie weniger trocken, als ihr lieb war. „Und ich, ich tue, was ich will. Oder wenigstens, was ich kann."

„Und wenn Sie einfach das täten, was Ihre Pflicht ist?"

„Wie bitte?", fragte sie, erschüttert von seiner Frage, die geradezu eine Beleidigung war, aber mit hoch erhobenem Kopf. „Sie wissen also, was ich zu tun habe, Monsieur Allwissend? Wozu bin ich Ihnen denn Ihrer Meinung nach verpflichtet?"

„Mir überhaupt nicht. Aber denen da zu allem!" Mit dem Kinn wies er auf die Werkstatt, in der sich die Arbeiter hinter den Scheiben versammelt hatten und die Szene beobachteten. „Ihnen und ihren Familien", sprach der Journalist weiter. „Dem Dorf, das sterben wird, wenn Sie die Manufaktur schließen. Der Gegend hier, die Dorf für Dorf stirbt. Und sogar dem, was ich Sie vorhin habe betrachten sehen."

Diesmal zeigte er mit einer ausladenden Geste auf den Himmel. Sie war überrascht darüber. Er hatte lange, feingliedrige Hände. Ihre Wut legte sich in demselben Maße, wie die des Journalisten anschwoll. Seine Rede wurde zum Monolog, zur beißenden Gesellschaftskritik. Es war das Wirtschaftssystem, das dabei war, die Welt zu entmenschlichen, indem es die letzten sozialen Bindungen zerschnitt, das da angeklagt wurde. Constance dachte, dass man so etwas vermutlich nicht alle Tage in der Provinzpresse zu lesen bekam.

Jetzt hörte sie zu, ohne zu antworten. Es stimmte: Vorhin, als sie aus der Werkstatt gekommen war, hatte sie zum Himmel hinaufgeschaut. Jetzt besah sie sich diesen Mann, der sich hier unter diesem Himmel austobte. Die Männer, die sie kannte, erregten sich auch alle viel und gern, aber über ihnen war niemals ein Himmel zu sehen.

Antoine Linarès brach abrupt ab. Ihm wurde bewusst, dass er aus der Rolle gefallen war, und er ärgerte sich über sich selbst. Er murmelte ein paar Worte der Entschuldigung und verschwand ebenso schnell wieder, wie er gekommen war.

MITTAGS brachte sie nichts herunter, und das, obwohl sich Marie ganz wie früher große Mühe gab, das zu kochen, was sie damals so geliebt hatte. Heute waren es helle, delikate Schmalzkringel mit Akazienblüten, aber sie hatte nur ein wenig daran herumgeknabbert. Dann hatte sie sich ein Stündchen ausgeruht, war aber dann, da sie weder schlafen noch nachdenken konnte, wieder hinuntergegangen und blätterte im Wohnzimmer in einem Magazin über die Gegend.

„Also, geht's jetzt endlich los?"

Constance wandte sich in Richtung der Stimme: Vanessa mit ihrem Miese-Laune-Gesicht, das sie neuerdings fast immer zur Schau trug. Ihre Tochter war kurz vor zwölf Uhr aufgestanden und hatte dann in der Küche unter Maries verblüfftem Blick ein riesiges Frühstück verschlungen. Und ihrer Meinung nach musste jetzt etwas passieren. Außerdem hatte Constance, die ganz mit ihrem Traum beschäftigt war, ihr früheres Leben wieder zu finden, ihrer Tochter am Vorabend versprochen, im Fluss baden zu gehen, an einer Stelle oberhalb des Dorfes, wo es einen kleinen Strand gab.

„Ich zieh mir einen Badeanzug an, und dann komme ich", antwortete sie.

Sie gingen zu Fuß in der sengenden Mittagshitze die kleinen Sträßchen entlang, die um diese Tageszeit menschenleer waren.

Constance machte sich innerlich schon auf das Gewitter gefasst, das dann auch nicht mehr lange auf sich warten ließ: „He, Mama, wenn du wüsstest, wie uncool dein blödes Kaff hier ist!“

„Kannst du dich nicht anders ausdrücken?“, fragte Constance ärgerlich.

„Hör mal, dir macht es ja vielleicht Spaß, mit den Eingeborenen zu labern, aber mich ödet das hier total an. Hier gibt's ja nur alte Leute.“

„Ganz bestimmt nicht, denn schließlich gibt es eine Schule.“

„Eine Schule! Die ist doch was für Kleinkinder. Ich rede von normalen Leuten, von jungen Leuten.“

Constance hörte ihr nicht mehr zu. Die Schule, an der sie gerade angekommen waren, war ihre Schule, an die ihr die Erinnerung so lieb war, dass sie sie manchmal in den merkwürdigsten Augenblicken in Paris überkommen hatte. Sie stieg die paar Stufen, die auf den Schulhof führten, hinauf, überquerte ihn schnell und presste die Nase an die Scheibe eines Klassenzimmers. Etwas in ihr gefror, als sie den nackten, stellenweise löchrigen Boden erblickte, die Decke, von der der Gipsputz abblätterte, ein paar Landkarten, die in einer Ecke vor sich hin schimmelten, und kein einziges Pult und keine Tafel mehr.

„Das Teil ist doch keine Schule“, prustete Vanessa, „sondern ein Trödelladen.“ Aber sie schwieg schnell, als sich Constance mit Tränen in den Augen zu ihr umdrehte.

„Okay“, sagte Vanessa, „ich nehm's zurück“ und setzte sich auf die Stufen, während ihre Mutter langsam den Innenhof durchquerte, um sich wieder zu beruhigen. Aber dazu kam sie nicht. Eine vertraute Stimme hinter ihr ließ sie hochfahren.

„Ja, hier ist nichts mehr. Die neue Schule liegt an der Straße nach Sévérac. Ihr müsst daran vorbeigekommen sein, ohne dass sie euch aufgefallen ist.“

Constance drehte sich mit einem Ruck um. Es war Madame Rieux, ihre alte Lehrerin. Ihre Haare waren grau geworden, aber der Blick war immer noch derselbe: sehr klar, wohlwollend, warmherzig. Und vor allem ihre Stimme hatte sich überhaupt nicht verändert.

„Ich habe gehofft, dich wiederzusehen“, sagte die alte Dame. „Zur Beerdigung deines Vaters habe ich nicht kommen können, denn ich bin nicht mehr gut genug zu Fuß, aber ich war mir sicher, dass du früher oder später in diesen Schulhof zurückkommen würdest.“

„Ach, das wussten Sie wirklich?“

„Du weißt doch, dass ich alles weiß, meine Kleine. Also, wie geht es dir?“

„Es muss ja.“

„Der Manufaktur wegen?“

„Ja, auch der Manufaktur wegen.“

Die Lehrerin schien nachzudenken, dann rief sie aus: „Diese Jugend! Wenn ich noch einmal vierzig wäre!“

„Was würden Sie dann tun?“, fragte Constance neugierig.

„Du bist es, die vierzig ist, Kleine.“

„Noch nicht.“

„Oh, aber es fehlt nicht mehr viel.“

Constance nickte lächelnd. Hinter Madame Rieux machte Vanessa ihr von der Treppe her entnervte Handzeichen.

„Ja, ja, ich komme ja schon.“

„Ach, Kleine, die Kinder von heute können nicht mehr warten.“

Aus einem Impuls heraus küsste Constance sie auf beide Wangen, ging dann sehr schnell davon und zerrte ihre Tochter hinter sich her.

Der kleine Strand aus Kieselsteinen war nicht sehr weit. Niemand sonst war dort. Das Wasser floss grün und klar. Die Serre bildete hier eine Art Bucht, in der die Strömung gebremst wurde und dadurch das Baden ermöglichte.

Ohne einen Blick für die goldenen Reflexe zu haben, die sich auf dem Wasser brachen, oder für die blauen Libellen, die sie mit den

Flügeln streiften, erklärte Vanessa, dass all diese Kiesel ihr die Füße „ruinieren" würden. Noch schlimmer war es, als sie den großen Zeh ins Wasser steckte: „Kein Wunder, dass die hier so alt werden, das ist ja die reinste Gefriertruhe, der Bach hier."

Constance seufzte und dachte, dass das vorherzusehen gewesen war: Die Kinder von heute kannten nur noch Schwimmbäder oder das Mittelmeer, hatten nicht die geringste Ahnung, dass Wasser auch sprudelnd und erfrischend sein kann. Aber als sie hineinging, überlief auch sie von Kopf bis Fuß ein Frösteln. Es stimmte schon, das Wasser war kalt, aber früher hatte sie es immer herrlich gefunden. Erneut stellte sie fest, wie schwer die vergangenen Jahre wogen. Sie schwamm ein paar Züge, blieb aber auch nicht viel länger drin als Vanessa. Diese fragte ganz nebenbei, während sie sich abtrocknete: „Wir fahren doch morgen zurück, oder?"

„Ja, morgen Nachmittag."

„Gut, dann werden wir hier zumindest nicht zu Fossilien versteinern!"

Constance hatte nicht das Herz zu antworten. Tropfen auf ihren Wimpern ließen das Wasser in der Sonne glänzen. Sie wischte sie mit der Hand weg, und als sie ihren Mund berührte, stellte sie fest, dass sie salzig waren.

# 5

Anfang Juli war es in Paris grau und schwül. Constance sah durch die Fenster des Bürohochhauses das Blau wieder vor sich, das über ihrem Dorf wachte und das es zu beschützen schien.

Seit sie wieder in Paris war, wurde alles von Tag zu Tag schlimmer. Seit dem ersten Tag, den sie wieder ins Büro gekommen war, war sie an kleinen Kollegengrüppchen auf den Gängen vorbeigekommen, die sich leise, aber lebhaft unterhielten. Alle trugen Leichenbittermienen zur Schau, auch Nelly, ihre Assistentin und Freundin, die ihr einfach nur gesagt hatte: „Es ist so weit."

Constance hatte sofort verstanden. Das amerikanische Unternehmen, das schon dreißig Prozent der Sodeal gehalten hatte, war Mehrheitsaktionär geworden. Ein schlichter Aufkauf, der aber neue Ziele bedeutete, neue Chefs, neue Arbeitsrhythmen, Umstrukturierungen, Neubesetzungen von Posten, Entlassungen. War Constance selbst davon bedroht? Das war schwer zu sagen. Und gleichzeitig stellte sie fest, dass es sie eigentlich auch gar nicht interessierte. Also hatte sie nur achselzuckend gesagt: „Wir werden schon sehen."

Ihr unbeschwerter, beinahe vergnügter Ton hatte ihr einen entgeisterten Blick ihrer Assistentin eingetragen, die selbst sehr beunruhigt wirkte: „Das ist alles, was du dazu zu sagen hast?"

„Morgen ist der erste Tag vom Rest unseres Lebens." Constance fiel dieser Satz wieder ein, der ihr ständig durch den Kopf ging, seit sie ihn neulich in einem Buch gelesen hatte. Aber der Folgesatz fiel ihr nicht mehr ein, der aber genauso wichtig gewesen war – wie eine Weisung, die man unbedingt in Erinnerung behalten musste.

Die Atmosphäre im Büro war schnell völlig vergiftet gewesen, jeder wog seine Chancen gegen die der anderen ab, in der Hierarchie auf- oder abzusteigen. Constance aber hatte weiter an eine Gegend gedacht, in der sie sich nicht wie eine Fremde vorkam.

Mit Vanessa hatte sie es nicht leicht. Sosehr Constance auch Ausflüchte suchte, ihre Tochter war misstrauisch, angespannt und spürte, dass sich etwas zusammenbraute, auf das sie keinen Einfluss hatte. Vorsichtshalber betonte sie bei jeder gemeinsamen Mahlzeit, es käme nicht infrage, dass sie eines Tages in so ein „total uncooles Kuhkaff" wie Sauvagnac zöge, dass sie mit der Herstellung von Messern nichts am Hut habe und auch mit all dem anderen „Vorkriegsblödsinn" nicht – damit meinte sie alles, was vor ihrer Geburt lag –, dass sie hier leben wolle, in Paris, mit ihren Freunden und Freundinnen.

Das stimmte in gewisser Weise natürlich, aber wer sprach eigentlich davon, in Sauvagnac zu leben? Wer? Na, sie selbst natürlich, pausenlos, in ihren stummen Selbstgesprächen. Und um sie herum dieser Sommer, der bereits angebrochen war. Dort auf dem Kalkplateau leuchtete er vermutlich mit einem Frieden, der einem einen Eindruck davon vermittelte, wie das ewige Leben sein mochte – das jedenfalls hatte sie, am Tag bevor sie nach Paris zurückgekehrt waren, gedacht.

Sie hatte sich Nelly anvertraut – mit der sie zehn Jahre Komplizenschaft und eine ähnliche Vita verbanden –, und die hatte geseufzt: „Mein armes Herz! Du bist vollkommen durchgeknallt."

Am selben Abend hatte Constance mit Pierre gesprochen, der bei ihr zu Hause vorbeigekommen war. Nervös hatte er ihr zugehört, eine Zigarette nach der anderen geraucht, sich mehrfach Whisky nachgeschenkt und dann gesagt: „Du bist verrückt geworden, mein armer Schatz. Du wirst doch zumindest nicht selbst kündigen wollen? Mit etwas Glück bedeutet dieser Aufkauf durch die Amerikaner deine Entlassung mit einer sechsmonatigen Kündigungsfrist, und außerdem hast du Anrecht auf eine Abfindung."

„Mein Ziel ist es nicht, eine Abfindung einzustreichen! Und ich will darüber weder mit dir noch mit denen diskutieren. Ich werde die Wohnung verkaufen und dir den Teil, der dir zusteht, auszahlen."

„Und Vanessa?"

„Vielleicht könnte sie das erste Jahr bei dir bleiben, bis alles geregelt ist. Es wäre gut, wenn sie die zehnte Klasse noch in Paris machen könnte. Danach kommt sie in die Oberstufe, und man kann neu zu planen anfangen."

Er war so entsetzt wie immer. „Wie soll ich mich denn bitte um ein vierzehnjähriges Mädchen kümmern? Es fällt mir ja schon schwer genug, für mich selbst zu sorgen. Du weißt, dass ich es nicht schaffe, für sie zu sorgen."

„Das kannst du ihr selbst erklären", hatte Constance das

Gespräch beendet, genervt von diesem wiederholten Eingeständnis seiner Schwächen, genau derjenigen, die zum Scheitern ihrer Ehe geführt hatten.

Als sie am nächsten Morgen ins Büro fuhr, dachte Constance über die Unterhaltung mit ihrem Mann nach. Sie war hin und her gerissen zwischen Wut und Niedergeschlagenheit. Und weil es noch früh am Tag war, entschied sie sich für die Wut: Das machte sie wach. Auf der Straße konnte sie endlich die Augen zum Himmel richten und merkte, dass die Luft mild war, weniger drückend als in den vorangegangenen Tagen. Das Wetter würde wohl umschlagen. Anselme und Marie hätten jetzt das dazu passende Sprichwort parat gehabt. Aber wen interessierte es hier schon, ob das Wetter umschlug?

Im Büro lag auf ihrem Schreibtisch eine Nachricht des Generaldirektors, dass sie unverzüglich zu ihm kommen solle. Bei Constances Gemütszustand konnte diese Begegnung nur unangenehm verlaufen, und genau das war dann auch der Fall. Hinterher fragte sie sich, ob sie diese Auseinandersetzung nicht eigentlich gesucht hatte. Jedenfalls hatte sie abgelehnt, als er sie darum gebeten hatte, die Kampagne für das neue Produkt, die er ihr anvertraut hatte, „ins Finish zu bringen“ – Constance fragte sich manchmal wirklich, wo diese Leute eigentlich sprechen gelernt hatten. Das Produkt war eines dieser Pülverchen, die zurzeit in waren und die, wenn man sie mit Milch vermischt trank, die Pfunde purzeln lassen sollten. Constance wusste genau, dass das Unsinn war. Das wussten übrigens alle, denn sie hatten mehrere Sitzungen über dieses Thema abgehalten. Es war natürlich nicht gefährlich, aber es blieb Unsinn. Ein Produkt unserer Zeit, eine dieser Sachen, die man erfindet, um neue, künstliche Bedürfnisse zu wecken, wenn die lebenswichtigen Bedürfnisse befriedigt sind. Aber genau das Nutzlose, das Falsche war es, das Constance nicht mehr ertrug. Denn das Falsche war in diesen Tagen einfach eine Realität geworden, und genau das war das Problem. Constance konnte einfach nicht mehr damit leben.

Und das hatte sie ihrem fassungslosen Direktor ohne Umschweife gesagt, ganz kühl, ohne dabei das geringste Zugeständnis zu machen. Und dann war sie, befreit von einer Last, hinausgegangen – gerettet, hatte sie gedacht. Jetzt musste sie nur noch abwarten.

DANN ging alles sehr rasch. Als sie eines Tages vor dem Büroturm ankam, in dem die Sodeal residierte, blieb sie, als sie gerade eintreten wollte, wie angewurzelt stehen. In der Glastür sah sie ihr Bild wie in einem Spiegel, und in diesem Augenblick wusste sie, dass sie sich weigerte, durch diesen Spiegel hindurchzugehen: Auf der anderen Seite war niemand. Und dann fiel ihr der vergessene Satz wieder ein, der den vervollständigte, der ihr nicht mehr aus dem Kopf ging: „Morgen ist der erste Tag vom Rest deines Lebens. Denk daran zu leben." Das würde sie tun. Durch diese Tür würde sie nicht mehr gehen.

Sie tat es dennoch. Wie eine Schlafwandlerin ließ sie sich vom Aufzug in den fünfzehnten Stock tragen, wie eine Schlafwandlerin ging sie, ohne jemanden zu grüßen, bis in ihr Büro und schloss sich dort ein. Sie setzte sich, öffnete mechanisch ihre Handtasche, und, da sie nicht Acht gab, fiel dabei ein Blatt Papier auf den Boden. Sie hob es auf und faltete es auseinander. Es war der Brief ihres Vaters, den sie am Abend ihrer Ankunft im Dorf gefunden hatte, in dem Büro, wo sein großer, nun für immer starrer Körper geruht hatte. Ihre Augen ruhten auf den Zeilen, die er mit seiner kräftigen Hand niedergeschrieben hatte, und sie las sie langsam von Anfang bis Ende.

Sie nahm ihren Füller und schrieb einfach in Großbuchstaben unter die Unterschrift ihres Vaters: ICH KOMME.

# 6

Jeden Morgen wenn Constance auf La Retirade die Haustür öffnete, schlug ihr der gleiche Duft nach Geröll und trockenen Kräutern entgegen, den sich der Wind auf den Höhen des Kalkplateaus holte und dann unten im Tal wie eine Gabe verteilte. Es war eine Woche her, seit sie nach Sauvagnac zurückgekehrt war, und jeden Tag hatte sie sich morgens dasselbe Ritual gegönnt: Sie war auf die Schwelle hinausgetreten, hatte den Himmel mit ihrem Blick erforscht, die frische Luft geschnuppert, hatte der Stille gelauscht, die auch durch die acht Glockenschläge vom Kirchturm nicht gestört wurde, oder den Schreien der Mauersegler, die sich, trunken vom Licht, im Blau verloren. Danach trank sie eine große Tasse schwarzen Kaffee und genoss es, allein zu sein: Marie war um diese Uhrzeit Einkäufe machen, und Vanessa schlief noch.

An diesem Morgen beschloss Constance, ein wenig spazieren zu gehen, ehe sie in die Werkstatt musste, wo Anselme sie wahrscheinlich schon erwartete. Sie ging die Gasse entlang, die zum Marktplatz führte, und achtete auf das kleinste Geräusch, auf die geringste Regung. Es war schon sehr lange her, seit sie das Dorf zum letzten Mal erwachen gesehen hatte. In den letzten Tagen hatte sie ihr Grundstück kaum verlassen, um den Fragen der Ladenbesitzer und den Blicken, die sich in ihren Rücken bohrten, zu entgehen, aber auch, um sich langsam wieder an das Haus zu gewöhnen. Sie hatte Stunden damit zugebracht, die Papiere ihres Vaters zu ordnen, sich der allerdringlichsten Probleme der Manufaktur anzunehmen oder lange Gespräche mit Marie zu führen, die ganz automatisch wieder in die Rolle der Vertrauten geschlüpft war, die sie damals schon innegehabt hatte, als die Welt noch in Ordnung gewesen war.

Ihr direkter Vorgesetzter hatte nicht die geringsten Schwierigkeiten gemacht und sie ziehen lassen. Er wusste bereits, was Constance noch nicht ahnte: Ihre Stelle würde schlicht gestrichen werden. In der Chefetage schien man zu denken, dass eine Frau über vierzig nicht mehr über genügend Überzeugungskraft, Charme, Willensstärke und geistige Frische verfügte, um einen solchen Posten auszufüllen. Das war so niederträchtig und dumm, dass der Chef es ihr nicht einzugestehen gewagt hatte. Er hatte Constance nur gesagt, dass er angesichts ihrer zwanzigjährigen Verdienste für die Firma ihre Kündigung als eine vorweggenommene Entlassung behandeln werde. Die Höhe der Abfindung hatte ihre Erwartungen übertroffen, sie hatte unverzüglich das Apartment zum Verkauf ausgeschrieben und war ins Auto gesprungen. Aber von alldem hatte sie ihrer Tochter noch nichts erzählt. Dieses Jahr würden sie die Sommerferien auf La Retirade verbringen, mehr hatte sie nicht gesagt.

ALS SIE auf dem Marktplatz ankam, war er beinahe menschenleer. Vor dem Zeitungsladen und dem Bäcker stand jeweils ein Lieferwagen. Sie sah Marie aus der Bäckerei kommen und winkte ihr zu. Kurz darauf fand sich Constance allein vor der Kirche wieder, vor der alten schindelgedeckten Markthalle, vor der Hand voll Geschäfte, bei denen sich weder der Anstrich noch die Schilder in den letzten zwanzig Jahren verändert hatten. Sie blieb einen Moment lang stehen, um die Sonne zu genießen. Ihr Blick fiel auf ein Schild an den geschlossenen Fensterläden einer alten Kurzwarenhandlung: ZU VERKAUFEN. In diesem Geschäft war sie oft mit ihrer Mutter gewesen. Die Ladenbesitzerin, Madame Lalande, war damals schon eine alte Frau mit einem kleinen Damenbart auf der Oberlippe gewesen, die auf grobem gelbem Papier zusammenrechnete, was man schuldig war. Auch das Haus nebenan stand zum Verkauf. Und zwei weitere Häuser des Platzes auch, etwas weiter unten, an der Ecke zur Promenade. Als wäre das ganze Dorf zu verkaufen. Im Ausverkauf. Zu Schleuderpreisen. Zu verkaufen, weil im Sterben begriffen: Constance müsste ihrerseits nur noch die Werkstatt verkaufen. Das wäre der Todesstoß.

In La Retirade stand Marie in der Küche, packte die Einkäufe aus und unterhielt sich mit Laurent, dem jüngsten der Arbeiter aus der Werkstatt. Als Constance hereinkam, grüßte er sie kurz mit einem Nicken und verschwand dann, ohne ein Wort zu sagen. Constance achtete kaum darauf. Heute Morgen hatte sie andere Sorgen. Sie stellte die Frage, die ihr auf der Seele brannte: „Marie, hat dieser Journalist, der damals hier war, seinen Artikel geschrieben?“

„Ja, ich habe ihn aufgehoben. Aber ich glaube nicht, dass er dir gefallen wird.“

„Gib ihn mir trotzdem.“

Marie öffnete eine Schublade und holte einen etwa vierzehn Tage alten Zeitungsausschnitt hervor. Darauf war ein Foto der Werkstatt zu sehen, das sie bewusst so zeigte, wie sie am tristesten wirkte, mit geschlossenen Toren, wahrscheinlich an einem Sonntag. Unter der Überschrift Nur eine Stippvisite war ein ätzendes Porträt von Constance zu lesen, der gedankenlosen Pariserin, die nach zwanzig Jahren zurückgekommen war, um ein wenig Heimatluft zu schnuppern, und die sich, entweder aus einer Laune heraus oder weil es bequemer für sie war, anschickte, ein Unternehmen aufzulösen, das zehn Familien ernährte und zum handwerklichen Erbe des Landstriches gehörte. Und in dem Stil ging es weiter…

Nur wenige Minuten später war Constance unterwegs, auf dem Weg nach Rodez, zum Büro des *Echo du Midi.* Beflügelt von ihrer Wut, fuhr sie viel zu schnell.

Antoine Linarès arbeitete an diesem Tag nicht. Constance gelang es, den Pförtner zu bezirzen und ihm seine Adresse zu entlocken: Massobre, ein winziger Flecken am Rand der Tarn-Schlucht, hinter Sévérac, ziemlich weit entfernt. Und mit einer Wut im Bauch, die kein bisschen geringer geworden war, fuhr sie wieder los.

Es war beinahe Mittag, als sie Massobre erreichte. Eine Frau in geblümter Kittelschürze und mit Strohhut zeigte ihr das Haus des Journalisten. Als die Tür sich öffnete, stand vor ihr ein magerer alter Mann, der sie ohne jedes Wenn und Aber zu der Person führte, nach der sie gefragt hatte.

„Der Kleine ist da“, sagte er nur und trat zur Seite.

Antoine stand auf der Terrasse und kehrte ihnen den Rücken zu. Er hatte sie nicht kommen hören. Und was ist das da?, fragte sich Constance erstaunt. Eine Voliere?

„Sie züchten Aasfresser, Monsieur Linarès?“, fragte sie in schneidendem Ton. „Das wundert mich bei Ihnen allerdings nicht allzu sehr.“

Antoine fuhr herum und erkannte sie.

„Es sind keine Aasfresser, Madame“, erwiderte er ruhig. „Was Sie da sehen, sind ein Mäusebussard, ein Sperber und ein Zwergadler. Da Sie sich offensichtlich für den Himmel interessieren, sollten Sie anfangen, seine Bewohner kennen zu lernen.“

Constance hatte ein merkwürdiges Gefühl, beinahe ein Déjà-vu-Erlebnis. Ihre Wut hatte sich kein bisschen gelegt, aber er brachte sie aus dem Konzept, dieser Mann, der jetzt in ruhigem Ton hinzufügte: „Aber es stimmt, dass man mir manchmal auch Geier bringt. In der Tat habe ich die Schwäche, auch die Tiere gesund zu pflegen, die Sie als Aasfresser bezeichnen.“

„Gleich und Gleich gesellt sich gern“, warf Constance ein.

Sie waren jetzt allein. José-Luis Linarès hatte sich zu Beginn ihrer Unterhaltung diskret zurückgezogen.

„So kann man es natürlich auch sehen“, entgegnete Antoine. „Wenn ich Sie richtig verstehe, Madame Pagès, dann hat mein Artikel Ihnen nicht gefallen.“

„Das ist kein Artikel, das ist eine einzige Schande.“

„Merkwürdigerweise“, erwiderte Antoine ungerührt, „höre ich das jedes Mal, wenn ich die Wahrheit schreibe. Denn es ist ja wohl die Wahrheit, Madame Pagès? Sie werden die Werkstatt Ihres

Vaters doch schließen, für die er sich ein Leben lang eingesetzt hat? Nicht wahr, Madame Pagès, Sie werden doch zehn Arbeitsplätze mit einem simplen Federstrich vernichten?"

„Genau", bestätigte Constance.

„Wenn ich diesen Artikel geschrieben habe, dann, um Sie davon abzuhalten, es zu tun."

„Aber natürlich werde ich es tun!", rief Constance heftig. „Stellen Sie sich vor, guter Mann, der Sie die Tierchen hier durchfüttern, dass ich vor zwanzig Jahren ein Neugeborenes weggegeben habe. Da werde ich doch wohl wegen zehn Typen, die ich nicht einmal kenne, keine Skrupel haben!"

Dieses Schweigen! Antoine starrte sie vollkommen entgeistert an. Was war bloß über sie gekommen? War sie verrückt geworden? Warum hatte sie das gesagt? Und ausgerechnet diesem Mann? Das Schweigen dauerte immer noch an. Antoine hatte die Augen niedergeschlagen und schien seine Hände eingehend zu betrachten. Sie nutzte die Gelegenheit, um zu fliehen, über die Terrasse, durchs Haus hindurch, und war wenige Sekunden später an ihrem Auto. Constance hörte jetzt eine andere innere Stimme, eine Stimme, die sagte: Natürlich werde ich es nicht tun! Natürlich werde ich nicht verkaufen, du Dummkopf! Alles war verkäuflich: das Dorf, ihr Pariser Leben, einfach alles. Aber ihre Manufaktur würde sie nicht verkaufen. Sie hatte es schon gewusst, seit sie zum ersten Mal nach Sauvagnac zurückgekommen war. Auf jeden Fall wusste sie es, seit sie diesem Mann gegenüber das Gegenteil behauptet hatte. Und genau deshalb war sie wohl zu ihm gefahren.

Sie hielt im ersten Dorf vor einem Bistro an, ging hinein und bestellte einen Kaffee. Anselmes Worte waren ihr wieder eingefallen: Man müsste ein anderes Messer produzieren. Ja, einen besonders schönen und originellen Gegenstand. Einen Gegenstand, von dem man, wenn man ihn sah, gleich wüsste, dass er aus der Manufaktur des alten Pagès war. Sie würden sich alle noch wundern und zuallererst dieser Journalist, aus welchem Holz sie geschnitzt war!

# 7

Auf dem Rückweg von Massobre fuhr Constance eine ganze Weile über kleine Straßen, zu deren Seiten die Blätter der Bäume bereits eine spätsommerliche Färbung annahmen; und sie hielt immer wieder an unter dem Vorwand, eine Schäferhütte oder eine Ruine zu besichtigen, einen kleinen Pfad, den sie dann mit großen Schritten entlanglief. Sie setzte sich einen Augenblick hin und versuchte sich die Dokumentation ins Gedächtnis zu rufen, die Nelly ihr auf ihren Wunsch hin aus Paris geschickt hatte. Schon sehr bald würde sie selbst mit ihrem Computer ans Internet und seine Datenbanken angeschlossen sein.

Zwei Nächte lang hatte sie alles über die Messerproduktion in Frankreich und der ganzen Welt gelesen, über die technischen wie vertrieblichen Aspekte, und das hatte ihre endgültige Entscheidung nicht wenig beeinflusst. Es dämmerte bereits, als sie zurückkehrte, immer noch über Nebenstraßen, auf denen die untergehende Sonne die Häuser in orangefarbenes Licht tauchte. Auf La Retirade setzte man sich gerade zum Abendessen – natürlich ohne Vanessa, die lieber den ganzen Tag lang, auf das Wohnzimmersofa gelümmelt, vor dem Fernseher vor sich hin aß und dann die Mahlzeiten ausließ. Sobald sie mit dem Essen fertig waren, bat Constance Marie und Anselme, noch einen Moment zu bleiben, damit sie ihnen ihre Entscheidung mitteilen könnte.

„Siehst du“, sagte Marie, an Anselme gerichtet. „Ich habe dir doch gesagt, dass wir uns auf die Kleine verlassen können! Der Kerl hat die ganze Zeit gezweifelt! Aber ich habe es gleich gewusst. Komm, mein Kind, lass dich umarmen!“

Und sie gab ihr zwei schmatzende Küsse auf die Wange und legte Constance sanft die Hand auf die Schulter, was für diese ein tieferes Gefühl ausdrückte als die offen zur Schau getragene Begeisterung. Es war, als hätten die beiden Frauen einen Pakt besiegelt oder auch neu geschlossen. Anselme seinerseits nickte und stellte fest: „Du hast dir ganz schön Zeit gelassen, Kleine."

„So viel Zeit, wie ich gebraucht habe, um zu entscheiden, ob ich zurückkehren will, und um mich mit den Problemen vertraut zu machen."

Aus ihrer Tasche holte sie ein paar der Blätter, die Nelly ihr geschickt hatte, und hielt sie Anselme unter die Nase.

„Was soll das denn sein?"

„Das ist ein kleiner Teil des Materials, das es über die Messerproduktion auf der ganzen Welt gibt."

Sie erklärte ihnen kurz, woher sie es hatte und dass sie es seit drei Tagen durchgearbeitet hatte.

„Wichtige Dinge brauchen immer ihre Zeit", stellte Anselme fest. „Jetzt weißt du wenigstens, was zu tun ist."

„Das weiß ich, weil du es mir gesagt hast. Und außerdem werde nicht ich etwas tun, sondern wir alle. Schluss mit der Laguiole-Fabrikation. Wir werden ein neues Messer herstellen. Ich habe sogar schon einen Namen dafür. Du bist es, der mich auf die Idee gebracht hat, Anselme. Die meisten Pariser behaupten, ihre Wurzeln auf dem Land zu haben, das ist mir in den letzten Jahren oft aufgefallen. Also werden wir sie darin unterstützen. Unser Messer wird ‚L'Aveyron' heißen, ganz einfach."

Anselme beschränkte sich auf ein zustimmendes Knurren, aber in seinen Augen blitzte ein teuflisches Funkeln auf.

„Und mit dem Horn machen wir auch Schluss", redete Constance weiter. „Die Menschen heute wollen Weite, Wälder, Bäume."

„Genau wie wir also?"

„Ja, wie wir. Also Holz. Ein Griff aus Holz, aus Edelholz: Ulme für die Herren, Palisander für die Damen."

„Du willst ein Messer speziell für Frauen herstellen?", fragte Marie erstaunt.

„Ganz genau. Auch die Frauen haben ein Recht auf Nostalgie."

Sie waren jetzt alle drei ganz ausgelassen. Ein Glück, dass

Vanessa vor dem Fernseher saß, denn sie hätte es wohl lächerlich gefunden, dass sie sich so begeisterten. Constance redete und redete, als wollte sie sich damit betäuben.

„Aber Achtung“, sagte sie. „Diese Nostalgie wird die Damen in Paris teuer zu stehen kommen. Palisander ist selten und wunderschön. Mindestens zweitausend Francs. Ein Luxusmodell. Die Ulme kostet vierhundert Francs. Ich habe das durchgerechnet, das müsste hinkommen, unter der Bedingung, dass wir die Klingen nicht mehr selber schmieden, sondern sie zum günstigsten Preis einkaufen.“

„Das ist doch wohl nicht dein Ernst?“, fragte Anselme. „Wir haben unsere Klingen und Federn immer selbst geschmiedet.“

„Ja, und das treibt die Kosten in die Höhe. Deshalb läuft die Manufaktur so schlecht. Und es wird auch nötig sein, dass das Design des neuen Messers sich nach diesen Notwendigkeiten richtet. Die Klinge muss anders sein als beim Laguiole-Messer und außerdem möglichst leicht zu schmieden. Wir werden einen Designer finden müssen, der diese Vorstellungen umsetzt.“

„In der Manufaktur gibt es schon jemanden, der Messer entwirft“, wagte sich Marie vor.

„Wen denn?“

„Der kleine Laurent, der Sohn meiner Schwester Jeanne, die vor zwei Jahren gestorben ist. Laurent ist zwar jung, aber das heißt nicht, dass er nichts kann!“

„Nein, das heißt es nicht“, sagte Constance.

An diesem Abend brannte in der Küche von La Retirade noch lange Licht. Nachdem sie sie für sich gewonnen hatte, breitete Constance vor Marie und Anselme stundenlang ihre Pläne für die kommenden Monate aus, und allen dreien schien es, als sei diese Nacht ein neuer Anfang, der ihnen und dem ganzen Dorf bessere Zeiten verhieß.

Als sie schließlich auseinander gingen, schaute Constance noch einmal im Salon vorbei. Vanessa war auf dem Sofa vor dem

Fernseher eingeschlafen. Bevor sie sie weckte, um sie ins Bett zu schicken, blieb Constance einen Moment still vor ihrer Tochter stehen. Jetzt, das wusste sie, würde sie wirklich mit ihr reden müssen.

CONSTANCE hatte alles durchkalkuliert. Mit ihrer Abfindung könnte sie eine Weile durchhalten. Zumindest in Verbindung mit dem Geld, das der Verkauf ihrer Wohnung in Paris einbringen würde: Die würde sie, so günstig, wie sie lag, sicherlich schnell loswerden. Und sogar für eine Finanzspritze für die Manufaktur würde es wohl reichen. Das hieße, dass sie weniger Kredite aufnehmen müsste, um die dringendsten Maßnahmen zu treffen. Miete müsste sie auch keine zahlen, wenn sie auf La Retirade lebte. Natürlich müsste sie Vanessa in Rodez ins Internat geben, so, wie es bei ihr selbst auch gewesen war, wahrscheinlich sogar auf dasselbe Gymnasium. Alles würde wieder von vorne anfangen. War es das, was sie wollte? Ja, genau das war es. Aber leider Gottes entsprach das bestimmt nicht Vanessas Wünschen.

Constance hatte sich mit Laurent in Maries und Anselmes Häuschen, wo er ein Zimmer hatte, getroffen. Anselme hatte es so gewollt, es war wie eine Verschwörung. Denn schließlich hatte Constance ihren Entschluss, einen Neubeginn mit der Werkstatt zu wagen, noch nicht offiziell verkündet, und die Arbeiter hätten vermutlich erstaunt nachgefragt, warum sie sich ausgerechnet mit dem Jüngsten von allen besprach. Wenn das Gebäude, das sie da gerade im Begriff war aufzurichten, im letzten Moment einstürzen sollte, dann wäre es zu grausam, wenn man ihnen Hoffnungen gemacht hätte. Der junge Mann hatte mit erstaunlicher Selbstverständlichkeit mitgemacht. Er hatte sie sofort verstanden und versprach, dass er das Geheimnis für sich behalten würde: Er würde abends in seinem Zimmer daran arbeiten.

„Elegant und rustikal zugleich“, hatte Constance gesagt. „Wie Sie das machen, ist mir egal. Das Messer muss nach Erde riechen, und man muss es trotzdem auf eine weiße Tischdecke legen können."

„Er wird es schaffen", hatte Constance hinterher nur zu Marie gesagt.

„Natürlich wird er es schaffen. Ich bin mir sicher, dass er es im Kopf schon fertig hat, dein Messer!"

Constance merkte, dass sie noch gar nicht gefragt hatte, warum dieser zwanzigjährige junge Mann mit in Maries kleinem Häuschen lebte.

„Findest du nicht, dass er es bei uns besser hat als allein im Dorf? Das Haus ist groß genug für uns alle. Und außerdem ist er als eine Art Auszubildender eingestellt worden und verdient nur wenig. Bei uns muss er wenigstens keine Miete zahlen", erklärte Marie.

„Aber ja doch", sagte Constance und lächelte. „Ich kann doch nicht alles wissen. Vergiss nicht, dass ich gerade frisch aus Paris komme."

NACHMITTAGS fuhr Constance zur Bank nach Rodez, wo sie einen Termin hatte. Sie parkte den Wagen auf dem großen Platz vor der Kathedrale und versuchte sich zu konzentrieren, während sie ausstieg, genau wie vor ihren Besprechungen mit der Geschäftsleitung in Paris. Sie wollte das Bankgebäude gerade betreten, als sie Antoine Linarès erblickte, der an einem Tisch im Café auf der anderen Straßenseite saß und in die Lektüre einer Zeitschrift vertieft schien. Sie ging entschlossenen Schrittes über die Straße.

„Ist dieser Stuhl noch frei?", fragte sie und baute sich vor dem Journalisten auf.

„Jetzt wohl nicht mehr."

Die Antwort klang nicht aggressiv, das fiel Constance auf. Er schlug ihr vor, auch etwas zu trinken, aber sie lehnte mit dem Hinweis ab, dass sie eigentlich nur wenige Minuten Zeit habe.

„Sind Sie hier, um einzukaufen?“, fragte er sie in einem Ton, der gleichgültig klingen sollte.

„Nein, Monsieur“, antwortete sie. „Ich bin hier, um mich auf Jahre hinaus zu verschulden. Ich werde die Fabrik behalten.“

Antoine richtete sich auf seinem Stuhl auf und zündete sich eine Zigarette an. Als er das Streichholz anrieb, ertappte sie sich, wie sie das Kupferarmband an seinem Handgelenk betrachtete. Es steht ihm, dachte sie träumerisch. Dann wartete sie darauf, was er sagen würde.

„Das ist gut“, sagte er mit einer neutralen Stimme, die sie erstarren ließ. „Sogar sehr gut. Das sieht Ihnen ähnlich.“

Er lächelte ihr zu, ganz schwach, und sah ihr dabei direkt in die Augen. Sie musste sich dazu zwingen, sich von diesem Blick loszureißen. Denn da gab es noch etwas, was schwer auf ihr lastete und was sie loswerden musste.

„Beim letzten Mal habe ich Ihnen gesagt, dass ich ...“

Plötzlich schwieg sie verwirrt, bedauerte es, diese Worte ausgesprochen zu haben.

Wieder sah Antoine ihr in die Augen. „Sie haben etwas zu mir gesagt? Ich kann mich an nichts erinnern.“

Constance wurde innerlich ganz ruhig. Dieser Mann war bestimmt nicht der, für den sie ihn gehalten hatte. Zweifelsohne hatte es mit ihm etwas Besonderes auf sich, aber sie wusste noch nicht, was.

Wieder schwiegen sie beide, dieses Mal etwas länger.

„Ich muss jetzt los“, sagte sie schließlich.

Er ließ sie wortlos gehen, was sie nicht wunderte. Er gehörte nicht zu denen, die Frauen zurückriefen. Das hatte er nicht nötig: Es waren bestimmt immer sie, die auf ihn zukamen. Constance hatte keineswegs ihre Schlappe wettgemacht, aber das war ihr jetzt egal, denn sie fühlte sich nun in der Lage, allen Bankiers dieser Welt die Stirn zu bieten.

# 8

Constance hatte endlich mit Vanessa gesprochen, und die Reaktion ihrer Tochter war wesentlich heftiger ausgefallen, als sie befürchtet hatte. Vanessa hatte geschworen, dass sie nicht einen einzigen Tag im Internat in einem so bescheuerten Kaff wie Rodez bleiben würde, und sie würde auch nicht ihre Wochenenden hier bei den Bauerntrampeln zubringen. Noch richtig in Fahrt, hatte Vanessa hinzugefügt, dass sie die erste Gelegenheit nutzen würde, um zu ihrem Vater nach Paris zu fahren. „Und im Übrigen", hatte sie geendet, „wird mein Vater eine solche Grausamkeit niemals zulassen!"

Eine Grausamkeit! Hilflos hatte Constance Rat bei Marie gesucht, und die beiden Frauen waren sich einig gewesen, dass man diese Drohungen ernst nehmen musste. Die Chance war nicht eben groß, dass sich Pierre endlich damit einverstanden erklärte, sich um seine Tochter zu kümmern und sie bei sich in Paris aufzunehmen, aber man musste es wenigstens noch einmal versuchen. Es wäre, auch wenn es hart schien, wohl das Beste, Vanessa vor vollendete Tatsachen zu stellen.

Für diese Fahrt nach Paris und zurück hatte Constance das Auto dem Flugzeug vorgezogen, hatte gehofft, dass die lange Reise ihr die Gelegenheit verschaffen würde, ausgiebig mit Vanessa zu reden. Aber wie so oft, wenn es um ihre Tochter ging, hatte sie sich getäuscht. Sie waren noch keine zehn Kilometer gefahren, da hatte sich Vanessa die Kopfhörer ihres Walkmans übergestülpt. In Paris nahmen sie sich ein Zimmer in der Nähe des Centre Pompidou und aßen in einem Restaurant in der Rue Rambuteau, bevor sie ins Kino gingen – „eine Erfindung, die noch nicht bis in dein Dorf vorgedrungen ist", hatte Vanessa hämisch bemerkt. Constance hatte es nicht übers Herz gebracht, ihr zu antworten, dass sie ihre ersten Filme in dem kleinen Festsaal von Sauvagnac gesehen hatte und dass sie wunderbare Erinnerungen damit verband.

Am nächsten Morgen standen sie spät auf, denn sie würden

Pierre erst mittags in einem Café in Saint-Michel treffen. „Aber nur auf einen Sprung", hatte er am Telefon schon erklärt. Constance hatte die Schultern gezuckt – genau das war typisch Pierre: immer auf dem Sprung. Sie wusste genau, was passieren würde, und litt schon im Voraus für ihre Tochter.

Vanessa strahlte jedoch auf dem Weg zu diesem Treffen. Sie setzte all ihre Hoffnungen in ihn.

Wie immer kam Pierre zu spät, das Gespräch kam auf die Wohnung. Niemand hatte sie sich angesehen. Seiner Ansicht nach war sie zu teuer, es wäre wohl besser, mit dem Preis herunterzugehen. Davon wollte Constance nichts wissen: Sie brauchte das Geld. Und er übrigens auch, nebenbei bemerkt, vor allem, wo Vanessa bei ihm bleiben würde.

„Aber Vanessa bleibt nicht bei mir", erklärte er kategorisch.

Ihre Tochter wurde plötzlich leichenblass und warf der Mutter einen entsetzten Blick zu. Dann wandte sie sich beleidigt an ihren Vater.

„Sie werden mich einsperren. Das kannst du doch nicht zulassen."

„Niemand wird dich einsperren. Du wirst einfach nur ins Internat gehen, das kommt in den besten Familien vor. Und selbst wenn dem so sein sollte, dann hast du das allein deiner Mutter und ihren Schrullen zu verdanken."

„Pierre!", rief Constance entgeistert.

„Nichts Pierre! Ich bin weder in dem Alter noch in der Situation, wo ich mich mit einem vierzehnjährigen Gör belasten würde. Ich habe andere Sorgen."

„Ja, dich vor allem um dich selbst zu kümmern", erwiderte Constance. „Und was das Gör betrifft, darf ich dich daran erinnern, dass es sich um deine Tochter handelt."

„Ja, aber wohl doch vor allem um deine, oder? Du verschleppst sie einfach, wenn es dir gerade passt. Bitte schön, mach doch, was du willst. Kehr zu deinen Wurzeln zurück, und klopf deine Messerchen zusammen, aber lass mich nicht darunter leiden. Ich will sie nicht, und außerdem …“

Vanessa hörte nicht mehr zu. Die Tränen standen ihr in den Augen, sie zitterte vor Wut und Verzweiflung. Mit einem Sprung stand sie auf und lief den Bürgersteig hinab. Constance hatte Mühe, sie einzuholen.

Als sie wieder beim Café ankamen, war keiner mehr dort. Es war, als wäre auch nie jemand da gewesen.

DIE RÜCKFAHRT spielte sich unter noch unerfreulicheren Bedingungen ab als die Hinreise. Vanessa machte den Mund nicht auf. Ein- oder zweimal immerhin legte sie ihrer Mutter während der Fahrt den Kopf auf die Schulter, aber dann riss sie sich sofort wieder am Riemen und zog sich so weit wie möglich in eine Ecke zurück. Alles schien Constance plötzlich schwerer zu ertragen: ihre zutiefst verletzte Tochter, das neue Leben, das sie anfangen musste, der Kampf, auf den sie sich eingelassen hatte und dessen Ausgang nach wie vor höchst ungewiss war.

Sie musste wieder an ihren Banktermin in Rodez denken. Tatsächlich hatte der Bankdirektor Monsieur Bonnafous gut über die Manufaktur des alten Pagès Bescheid gewusst. Und Constance hatte sich innerlich dazu beglückwünscht, dass sie nicht versucht hatte, ihm etwas zu verheimlichen. Es war die Marketingstrategin, die sie zwanzig Jahre lang gewesen war, die an jenem Tag ihre eigene Sache vertreten hatte. Diese Sicherheit, ihre unübersehbare Kompetenz, ihre Fähigkeit, sich präzise auszudrücken, hatten Bonnafous zweifellos beeindruckt. Aber ob nun beeindruckt oder nicht, der Bankier hatte sich nicht dazu überreden lassen, ihr die zwei Millionen Francs zu geben, die sie brauchte. Constance hatte all ihre Überredungskünste aufgeboten, die Schönheit und Originalität des neuen Messers gerühmt (zu dem Laurent ihr die Zeichnungen übergeben hatte) und ihre Erfahrung im Verkauf aufs Tapet gebracht; sie hatte versucht, an seine Menschlichkeit zu appellieren, indem sie ihm ausmalte, dass das Dorf sterben würde, wenn die Manufaktur sich nicht bald erholte – doch ihr Gegenüber hatte nicht nachgegeben. Er würde dies nur tun, wenn sich Madame Pagès zu einer Hypothek auf das Haus entschließen könnte.

„Das kommt nicht infrage“, hatte Constance wie aus der Pistole geschossen geantwortet. „Ich bin nur deshalb zu Ihnen gekommen, weil Sie der Bankier meines Vaters waren. Aber wenn Ihr Gedächtnis nicht einmal so weit zurückreicht…“

„Oh, das tut es, Madame Pagès. Das ist ja gerade das Problem.“

In diesem Augenblick hätte Constance aufstehen und die Tür hinter sich zuschlagen sollen. Aber stattdessen hatte sie aus einem Impuls heraus voller Verachtung gesagt: „Ich werde wiederkommen, mit meinem ersten vollen Auftragsbuch. Und dann werden wir noch einmal über alles reden.“

Constance war sich an diesem Tag unbesiegbar vorgekommen, und das, weil sie sich von einem anderen, einem Mann ganz besonderen Kalibers, ermutigt fühlte, denn der half den Vögeln zu fliegen.

DOCH wenn es nur der Bankier gewesen wäre! Am nächsten Tag hatte sie überraschend Besuch vom Bürgermeister erhalten. Was Constance bei Sylvain Delpeuch am wenigsten ertrug, war die Vertraulichkeit, die er unter dem Vorwand, dass sie sich schon als Kinder gekannt hatten, ihr gegenüber an den Tag legte. Bestimmt nicht nur ihr gegenüber: ein Schmeichler, der wahrscheinlich schnell mit einem Schulterklopfen zur Hand war, um seine wahren Intentionen zu verbergen. Aber Constance konnte es nicht ausstehen, wenn ihr jemand auf die Schulter klopfte.

„Hör zu“, hatte er gesagt. „Sieh mich an, ich führe diese Gerberei nun schon ein Weilchen – ich habe sie von meinem Vater übernommen, genau wie du jetzt. Aber ich komme kaum noch über die Runden. Und das, obwohl ich schon seit Ewigkeiten im Ledergeschäft bin. Aber all das ist heute vorbei.“

„Wenn es vorbei ist, warum wollen Sie dann La Retirade kaufen?“

„Es sind nicht deine Messer, die ich kaufen will, sondern die Gebäude und das Grundstück. Ich habe große Pläne.“

„Und die wären?“

„Langsam, langsam …“

„Sie sind es, der mir ein bisschen zu schnell ist. Wenn diese Manufaktur überleben kann, dann wird sie es auch. Wenn sie zum Tode verurteilt ist, habe ich wenigstens getan, was ich konnte.“

„Hör zu, ich bin mir sicher, selbst wenn du ganz neu anfängst, wird es keine zwei Jahre dauern, und du bist am Ende. Bis dahin hast du dann das ganze Dorf ins Verderben gestürzt, weil ich meine Pläne nicht habe verwirklichen können. In diesem Dorf bin ich Bürgermeister, und ich werde das nicht zulassen.“

„Etwas anderes habe ich von Ihnen auch nicht erwartet“, hatte Constance entgegnet.

Sie waren auseinander gegangen, ohne sich die Hand zu geben. Als sie wieder allein war, hatte sich Constance gefragt, was das für Pläne waren, bei denen La Retirade der Einsatz war. Sie hatte dieselbe Bedrohung gespürt wie an dem Morgen, als sie nach Paris aufgebrochen waren: Als sie mit ihrem Wagen vom Dorfplatz losgefahren war, hatte sie gesehen, wie der Bürgermeister und der Dorfarzt, Jean-Pierre Geneste, vor dem Schreibwarenladen die Köpfe zusammensteckten.

Das war der Mann, dem Constance am wenigsten begegnen wollte. Als sie ihn da mit Delpeuch erblickt hatte, den sie bereits als Feind betrachtete, war es gewesen, als täte sich ein Abgrund vor ihr auf, in dem lauter Verräter lauerten.

Es war fünf Uhr nachmittags, als Constance mit Vanessa, die so tat, als schliefe sie auf ihrem Sitz, wieder in Sauvagnac eintraf.

Als sie im Hof von La Retirade standen, lud sie den Wagen aus und aß dann eine Kleinigkeit, während Vanessa auf ihr Zimmer ging. Constance versuchte noch einmal, mit ihr zu reden, aber ihre Tochter schlug ihr die Tür vor der Nase zu. Constance ging wieder hinunter und erklärte Marie, was in Paris passiert war. Dann lief sie in die Manufaktur hinüber, wo Anselme sie mit Fragen überschüttete, auf die sie natürlich keine Antwort wusste, schon gar nicht an diesem Tag. Trotz ihrer Müdigkeit schützte sie einen Termin in Rodez vor, um wieder fahren zu können. Sie musste allein sein, wollte nachdenken.

Sie fuhr bis Saint-Geniez-d'Olt, wo sie auf die Straße bog, die nach La Fraisinède hinaufführt, und weiter auf den Signal de Mailhebiau zu, der mit seinen 1470 Metern der höchste Berg des Aubrac ist. Die schmale Straße führte steil zwischen dunklen Wäldern nach oben auf die kargen Kuppen zu, die sich vor ihren Augen erstreckten und hinter denen sie noch die Margeride und die Ausläufer der Auvergne erahnen konnte.

Am Ende der Straße, nachdem sie das letzte Dörfchen hinter sich gelassen hatte, hielt sie an und ging zu Fuß in Richtung des Mailhebiau, dessen kahler, wilder Kamm, auf dem der Himmel mit all seinem Gewicht zu lasten schien, ihr ganz nahe vorkam. Tagsüber war es heiß gewesen, aber jetzt, auf dieser Höhe, war die Luft beinahe kühl und angenehm auf der Haut, es atmete sich leichter. Constance setzte sich schließlich auf der Kuppe einer Anhöhe auf eine Steinmauer, von der aus sie die anderen Gipfel ringsum überblicken konnte.

Aus der Ferne waren die Glocken der Schafherden zu hören, Vogelschreie, und diese Geräusche verschmolzen mit der friedlichen Stille. Die Sonne ging unter, tauchte den in Dunst gehüllten Horizont in flammendes Rot. Ganz allmählich fand Constance innerlich zur Ruhe.

Sie sah nach unten auf eine Art Moräne, von kurzem, sonnenversengtem Gras überwuchert. Sie fühlte sich von einem seltsamen Wohlbefinden ergriffen, erfüllt von einem Frieden, den sie auf diesem „heiligen Berg“ gefunden hatte. Dann machte sie sich auf den Rückweg und fragte sich, was das für ein heller Blitz dort war zwischen den wild wuchernden Kräutern in der kleinen Talmulde. Sie rutschte ab, hielt sich fest, schürfte sich dabei die Handflächen auf und fand schließlich auf dem bläulichen Fels Halt. Da sah sie das Wasser: das Wasser der Quelle, aus der sie eines Tages getrunken hatte, in Begleitung ihres Vaters. An jenem Tag war ihre Mutter nicht dabei gewesen, wahrscheinlich, weil sie beschlossen hatten, eine lange Bergwanderung zu machen. Und hier, an diesem Ort, hatten sie gepicknickt, da war sie ganz sicher. Ja, sie erinnerte sich wieder: Dort hatte sie gesessen, auf jenem Stein, ihr Vater ihr gegenüber, und es war einer jener ganz seltenen Tage gewesen, an denen sie allein gewesen waren, nur sie beide.

Beklommen begann Constance nach Spuren zu suchen von jenem Ereignis, das bis zu diesem Moment keines gewesen war und das nun eine gewaltige Bedeutung bekam: Denn hier hatte ihr Vater ihr etwas gesagt, aber was? Es fiel ihr nicht mehr ein. Ein Satz fiel ihr ein, den sie irgendwo aufgeschnappt hatte und der ihr das Herz zerriss: leben heißt verlieren. Entsetzt zwang sie sich, an etwas anderes zu denken. Der Abend senkte sich über die immer dunkler werdenden Berge, während der Himmel, der immer noch von den letzten Strahlen der untergehenden Sonne erleuchtet wurde, hell blieb, von einem zarten, leicht ins Orange tendierenden Rosa erleuchtet. In der Ferne gingen allmählich die Lichter an, dann begannen die ersten Sterne zu blinken. Auf jetzt! Sie musste zurück, sonst riskierte sie, sich zu verlaufen.

# 9

Marie strich bereits seit geraumer Zeit um den Küchentisch herum. Schließlich fragte sie: „Willst du den Brief von der Bank nicht aufmachen?“

„Der Bank? Zeig mal!“

Marie hielt ihr den Umschlag hin, den sie unübersehbar auf das Wachstuch gelegt hatte. Constance riss ihn auf.

Monsieur Bonnafous informierte sie darüber, dass er die Antwort der Regionalverwaltung der Bank erhalten habe und der Bescheid laute…, dass der Bescheid in einem Monat käme. Da sie sich weigerte, eine Hypothek auf ihre Immobilien aufzunehmen, müsse sie verstehen, dass die Bank ihre Entscheidung nicht ohne etwas Bedenkzeit treffen könne, schließlich sei man ein verantwortungsbewusstes Unternehmen.

„Verantwortlich für die verlorene Zeit, ja…“, schimpfte Constance. „Außerdem bin ich mir sicher, dass sie alle unter einer Decke stecken. Die Bank, der Bürgermeister, Geneste… Apropos Geneste, was macht er denn so?“

„Er ist doch der Arzt. Was für eine Frage! Nachdem du gegangen warst, hat er in Toulon zu Ende studiert, dann ist er hierher zurückgekommen und hat die Praxis des alten Pradel übernommen, erinnerst du dich an ihn? Er hat sich um meine arme Jeanne gekümmert.“

Jeanne war die jüngere Schwester von Marie. Sie hatte lange in Rodez gelebt, dann hatte sie sich nach Sauvagnac zurückgezogen und war hier vor zwei Jahren gestorben.

„Habe ich sie kennen gelernt?“, fragte Constance.

„Sie kam manchmal sonntags. Aber da warst du noch klein…“ Marie schwieg nachdenklich, dann sprach sie weiter: „Auf jeden Fall ist Geneste ein guter Arzt.“

„Wenigstens das!“, bemerkte Constance. Ihre Stimme klang so hasserfüllt, dass es sie selbst überraschte. „Und…“

„Ja, er ist verheiratet“, sagte Marie, als ob sie Constances Gedanken lesen könnte. „Mit einem Mädchen aus Millau, sie ist auch Ärztin. Sie unterhalten eine Gemeinschaftspraxis und haben zwei Kinder, einen Jungen und ein Mädchen, etwa in Vanessas Alter.“

„Ich verstehe einfach nicht, was ein Arzt und ein Gerber zusammen aushecken können“, meinte Constance.

„Ich habe keine Ahnung, aber vielleicht hast du gar nicht so Unrecht. Du weißt ja, die Leute reden. Madame Canteloube, die Bäckerin, hat mir erst gestern gesagt, dass Delpeuch überall herumerzählt, dass du es nicht schaffen wirst. Für Geneste gilt dasselbe. Neulich abends im Restaurant hat er ganz laut geredet, sodass alle ihn hören konnten. Sie wagen es nicht zu sagen, dass man die Manufaktur schließen sollte, denn das würde niemand verstehen, aber es reicht ja, dass sie überall herumerzählen, dass du scheitern wirst und was das für schlimme Auswirkungen für das Dorf haben wird."

„Ich glaube, ich sollte wirklich unbedingt Erfolg haben", sagte Constance.

Merkwürdigerweise war sie nicht entmutigt, sondern wütend. Sie musste mit jemandem sprechen, der ihr helfen würde, ihre Gedanken zu ordnen, der wusste, was hier gespielt wurde. Ohne auch nur nachzudenken, hatte sie die Nummer des *Echo du Midi* gewählt und nach Antoine Linarès gefragt. Er war am Apparat. Am späten Nachmittag würde er wieder in Massobre sein. Er schlug ihr vor, sich dort mit ihm zu treffen. Sie erklärte sich einverstanden und zählte dann im Geiste die Stunden, die sie noch von dem Wiedersehen mit dem Mann trennten, der die Vögel gesund pflegte.

DIESMAL war es Antoine, der ihr öffnete. Etwas schien ihn zu beschäftigen, aber sein Lächeln verriet, dass er sich freute, sie zu sehen.

„Ist irgendetwas nicht in Ordnung?" Diese Frage hätte er stellen müssen, aber jetzt hatte sie sie ausgesprochen.

„Ja", erwiderte er gedankenverloren. „Der Zwergadler. Sehen Sie selbst."

Sie folgte ihm zu einer Voliere. Der Mäusebussard und der Sperber, die sie schon von ihrem letzten Besuch kannte, verzogen sich mit feindseligen Blicken in die hinterste Ecke des Käfigs. Am

Boden hockte regungslos ein dritter Raubvogel. Es war der Adler. Seine schwarzen, goldumrandeten Augen bewegten sich unter den halb geschlossenen Lidern.

„Was hat er?“, fragte sie.

„Eine Art Infektion der Atemwege. Ich habe ihm gerade eine Penizillinspritze gegeben. Er steht davon noch unter Schock, aber er wird sich erholen … Das hoffe ich wenigstens. Er ist angeschossen worden. Es gibt immer wieder ganz besessene Schützen, wissen Sie. Glücklicherweise hat der Adler nur zwei Schrotkugeln abbekommen, und die habe ich leicht entfernen können. Aber sie haben ihn sehr unglücklich getroffen: genau am Flügelgelenk. Ich fürchte, dass er nie wieder wird fliegen können.“

„Wer weiß?“, meinte Constance. „Vielleicht findet er doch die Kraft dazu.“

Ihre Stimme klang plötzlich so weich, dass Antoine sie erstaunt ansah. Dann fiel ihm plötzlich wieder ein, dass es einen Grund geben musste, warum sie gekommen war.

„Probleme?“, fragte er.

„Ja und nein. Ich weiß es nicht.“

„Wenn Sie es nicht wissen, dann werden wir ein Stück gehen. Gehen hilft, es herauszufinden. Von oberhalb des Dorfes sieht man in die Tarn-Schlucht und gegenüber auf den Méjean. Ein wunderbarer Blick, Sie werden sehen.“

Erleichtert nahm Constance diesen Vorschlag an. Sie nahmen die kleine Straße zu der alten Kirche hinauf, die auf einer von einer Mauer umsäumten Aufschüttung über dem Tal thronte. Sie gingen langsam, unbefangen. Schon bald standen sie auf dem künstlichen Hügel oben. Sie waren unterwegs niemandem begegnet.

„Also?“, fragte er mit einer Stimme, aus der keine Spur von Verärgerung herauszuhören war.

Constance stürzte sich förmlich in einen Bericht über die Ereignisse der letzten Tage, sprach sehr schnell, versuchte, nichts zu vergessen: ihre Reise nach Paris, die Verschwörung, die sie zu erkennen glaubte, ihre Weigerung, eine Hypothek aufzunehmen.

„Ich habe getan, was Sie wollten, Monsieur Linarès“, schloss sie. „Nicht weil Sie es wollten, sondern weil ich fand, dass es meine Aufgabe war. Wie Sie sehen, ist es nicht einfach. Und weil man sagen könnte, dass die ganze Geschichte Sie irgendwie etwas angeht, wollte ich Sie bitten, mir zu helfen, wieder klarer zu sehen.“

Zwischen Kirche und Mäuerchen stand eine gusseiserne Bank.

„Kommen Sie“, sagte Antoine.

Sie setzten sich, betrachteten eine Weile die düsteren Konturen des Méjean. Weiter unten, am Fuß der buchen- und fichtenbestandenen Bergflanken, am Grund des Schwindel erregenden Gefälles, blitzte der Tarn hier und da hell durch das Laubwerk.

„Da sind mehrere Dinge in Betracht zu ziehen, Constance“, meinte Antoine.

Zum ersten Mal nannte er sie bei ihrem Vornamen, und sie freute sich darüber.

„Zunächst einmal diese Hypothek“, sprach Antoine weiter. „Die müssen Sie akzeptieren.“

„Aber mein Vater hätte das nie getan“, erwiderte Constance heftig. „La Retirade ist unser Haus.“

„Eine Fehlentscheidung Ihres Vaters. Er hätte damit die Kredite erhalten, die er brauchte. Haben Sie sich noch nie gefragt, ob Ihr Vater nicht einfach aufgegeben hatte?“

„Aufgegeben?“

„Sie waren nicht mehr da, und ein anderes Kind, dem er die Werkstatt hätte übergeben können, gab es nicht. Er wollte nur noch, dass die Sache hielt, solange er lebte, dass sich nichts änderte, solange er noch da war.“

„Haben Sie ihn gekannt?“, fragte Constance, die auf diesen Gedanken bis jetzt noch nicht gekommen war.

„Ja, ein wenig.“ Er schien nachzudenken und sprach dann weiter: „Wissen Sie, Constance, eine Hypothek ist doch einfach nur ein Stück Papier. Auch eine Bedrohung, einverstanden, eine

Zwangsmaßnahme. Aber umso besser: Diese drohende Zwangsmaßnahme verurteilt Sie dazu, Erfolg zu haben.“

Constance nickte mit zweifelnder Miene und musste an den verletzten Vogel denken. Sprach Antoine so zu ihm, mit dieser Ruhe, dieser Zuversicht, dieser Kraft, von der man sich fragte, woraus er sie schöpfte? Er sprach nun weiter, immer noch mit dieser Stimme, von der sie mittlerweile sicher war, dass sie dergleichen noch nie gehört hatte: „Was diese Verschwörung betrifft, sie ist keine reine Einbildung. Übrigens, wenn Sie mich heute Morgen nicht angerufen hätten, dann hätte ich es getan. Sie haben Glück: Ich bin einer der bestinformierten Männer des Departements. Irgendetwas ist da im Busch. Weniger eine Verschwörung – nennen wir es … eine gemeinsame Interessenlage. Der Bürgermeister denkt an ein Großprojekt: nichts Geringeres als ein Luxusseniorenwohnheim für die besser Betuchten. Ein ‚Segen‘ für die Gemeinde. Für ihn natürlich auch, weil er es, mit seiner Frau als Strohmann, leiten würde. Das Projekt würde von einer Ihnen wohl bekannten Bank finanziert werden, Sie verstehen schon.“

„Aber was haben sie gegen mich? Gegen die Manufaktur?“

„Es geht um die Lage, das ist doch klar. Der Blick von La Retirade aus ist wunderschön, die Gebäude sind eindrucksvoll, sie sind unter dem Putz aus behauenem Stein, und es gibt die Möglichkeit, sich zu vergrößern, einen riesigen Park dahinter anzulegen. Die Gemeinde hat das Land dort bereits gekauft, und der Bürgermeister ist überzeugt, dass er den Rest für ein Butterbrot bekommen kann.“

„Und was hat Geneste mit alldem zu tun?“

„Geneste ist doch Arzt und seine Frau auch. Sie können leicht erraten, was so ein Altersheim für die beiden bedeuten würde.“

Einen Augenblick lang herrschte Schweigen, das Constance schließlich brach: „Dieser Mann kann mich ebenso wenig leiden wie ich ihn.“

„Wer denn?“

„Geneste.“ Sie schien zu zögern, stand auf, machte ein paar

Schritte, kam dann zurück und setzte sich mit ernster Miene wieder neben Antoine. „Er und ich haben mal etwas miteinander gehabt, Antoine.“ Auch sie wagte sich vor und nannte ihn bei seinem Vornamen. „Was ich neulich zu Ihnen gesagt habe, dieses Kind, Sie wissen schon … Geneste ist der Vater. Als ich damals zu ihm gelaufen bin, um ihm zu sagen, dass ich schwanger bin, war er mit einer anderen zusammen. Er hat niemals verstanden, warum ich aus seinem Leben und nach Paris verschwunden bin. Und er hat es auch nie erfahren, weil ich niemandem gesagt habe, nicht einmal meiner Mutter, wer der Vater ist. Ich habe unter falschem Namen in Rodez entbunden. Ich weiß also nicht, was aus dem Kind geworden ist, und je mehr Zeit vergeht, desto schwerer ist das zu ertragen. Vermutlich bin ich auch deshalb zurückgekommen …“

Beinahe gleichzeitig und fast, als wären sie eins, standen sie auf. Für heute gab es nichts mehr zu sagen. Sie standen sich einen Augenblick gegenüber, dann nahm Antoine Constances Arm, und sie gingen bis zur Spitze der Sichel, die das Dörfchen formte. Der Himmel wurde allmählich blasser.

„Sehen Sie sie?“, fragte er und streckte den Arm aus.

„Wen, Antoine?“

„Die Vögel.“

Und plötzlich war nichts mehr um sie als dieser gewaltige Himmel, vor dem sich kaum merklich längliche rote Blätter in der untergehenden Sonne bewegten.

ALS SIE nach Hause kam, erblickte Constance Anselme, der ihr schon von der Schwelle aus heftig gestikulierend zuwinkte. Sie dachte sofort an einen Unfall – Vanessa? In der Manufaktur? – und rannte los. Aber es war kein Unfall: Anselme lächelte.

„Sie sind fertig!“, schrie er. „Die Messer… Sie sind fertig! Komm sie dir ansehen!“

Sie hatten sie überraschen wollen, Laurent und er, hatten geheimnisvoll getan, sich geweigert, ihr zu sagen, wann genau sie die einzigartigen Modelle zu sehen bekommen würde. Laurent wartete im Büro im Erdgeschoss auf sie, er lächelte. Als Constance hereinkam, stand er auf und grüßte sie mit einem Nicken. Langsam ging sie zum Tisch hinüber, mit klopfendem Herzen: Die Entwürfe, die Laurent ihr gezeigt hatte, waren zwar perfekt gewesen, aber wie würden die Prototypen jetzt aussehen?

Sie waren noch schöner. Das, was Pierre in Paris als „Messerchen" bezeichnet hatte – dieser Ausdruck hatte Constance verletzt –, erwies sich nun als wunderschön: zwei Objekte, die gleichermaßen kraftvoll und raffiniert, rustikal und elegant wirkten. Weniger spitz zulaufend als beim Laguiole-Messer war die Klinge, in die in schöner Kursivschrift *L'Aveyron* eingraviert war, eine harmonische Verlängerung des Holzgriffs. Ulme und Palisander hielten mit ihrem schönen, sanften Schimmer, was sie versprochen hatten, milderten und betonten gleichzeitig den kalten Glanz der Stahlklinge. Ja, die Messer waren schön, einfach schön.

Ein starkes Glücksgefühl, das von tief unten kam, stieg in Constance auf, und sie merkte, dass sie Tränen in den Augen hatte. Sie sah ihren Vater wieder vor sich, wie er ihr eines Abends am Küchentisch ihre erste Stunde „Messerkunde" erteilt hatte: „Erst die Klinge, zwei Plättchen, mit einer Platine in der Mitte, dann die Federn und die Ummantelung. Es ist die Feder, die die Klinge hält, wenn das Messer aufgeklappt ist, und von ihr hängt die Qualität des Messers ab. Und man bringt zusätzlich ein Schräubchen an der Basis der Klinge an, die sie hält. Außerdem sind da noch die Nägel, drei normalerweise, die, je nach Art des Messers, an verschiedenen Stellen sitzen …"

Constance schloss die Augen. Die Stimme schien ihr so präsent, dass sie um Fassung rang.

Als sie sich wieder umdrehte und zum Tisch zurückging, begegnete ihr Blick dem Laurents, der sie mit seinem üblichen ruhigen Lächeln beobachtete. Anselme hingegen tänzelte um sie herum und zeigte ihr alle Einzelheiten der Prototypen.

„Sieh dir die Klingen an. Die haben wir hier selbst geschmiedet."

Sie brachte es nicht übers Herz, sich ihnen zu widersetzen.

„Ich will die Kosten gerne noch einmal ausrechnen, wenn du mir genau sagen kannst, wie viele Stunden es braucht, um so eine Klinge zu schmieden."

„Siehst du", sagte Anselme, zu Laurent gewandt. „Ich wusste doch, dass wir es schaffen. Das wäre ja noch schöner, wenn man in der Manufaktur Pagès die Klingen woanders kaufen wollte!"

Weil er sich so freute, nahm Constance Anselme in die Arme und drückte ihm einen Kuss auf beide Wangen. Sie zögerte kurz, dann ging sie auch auf Laurent zu, um ihn zu umarmen. Sie hatte das Gefühl, dass er zurückschreckte, aber nein: Als sie seinen Blick auffing, lächelte er immer noch, und sie hatte den Eindruck, dass er genauso bewegt war wie sie selbst.

„Es wird funktionieren, ich bin mir sicher!"

„Ja, wenn wir die Klingen und Federn selbst schmieden", wiederholte Anselme.

## 10

Constance hatte sich auf eine lange Vertreterreise begeben. Mit ihrer Erfahrung im Verkauf war sie die Einzige aus der Manufaktur, die das überhaupt tun konnte. Mithilfe ihres Computers, mit Straßenkarten und Hotelführern hatte sie von Mitte September bis Anfang Oktober den Südosten bereist: von Montpellier bis Toulouse, von Bordeaux bis Clermont-Ferrand. Das übrige Frankreich nahm sie sich für später vor. Momentan, wo ihre Lieferkapazitäten noch begrenzt waren, war eine gründliche regionale Einbindung das Wichtigste. Sie und Anselme waren sich einig: Qualität vor Quantität. Sie würden ihre Klingen und Federn selbst schmieden aus einem Stahl, den sie in Thiers kaufen wollten.

In dieser Zeit hatte Constance eine neue Welt entdeckt: die des

Klinkenputzens; natürlich aber auch die der einsamen Abende in den Restaurants und Hotels fremder Städte. Sie war noch nie zuvor so oft im Kino gewesen. In Paris hatte sie dazu keine Zeit gehabt. Aber das, worunter sie am meisten litt, war die Abwesenheit der anderen: der Menschen, die sie wieder gefunden hatte und die ihr nun fehlten. Sie kam sich vor wie im Exil, weit weg von der warmen Küche in La Retirade, von Marie und Anselme. Weit weg von Vanessa, die sich nicht an das Leben im Internat gewöhnte und die sich, aus einer Rachsucht, unter deren Folgen sie selbst vermutlich am meisten litt, weigerte, am Wochenende nach Hause zu kommen. Es war also die total erschöpfte Constance, die sich, wenn sie sonntags ihre Tochter sehen wollte, erneut ins Auto setzen musste für ein paar Augenblicke feindseligen Schweigens, aus denen sie, von erdrückenden Schuldgefühlen gepeinigt, wieder hervorging …

Zwei- oder dreimal hatte Constance unter irgendeinem Vorwand Antoine angerufen. Sie hatte ihn gefragt, wie es dem Zwergadler ginge, und er sie danach, was die Geschäfte machten. Ihre Unterhaltungen waren kurz, und sie war unglücklich darüber, dachte, dass sie, genau wie bei den Gesprächen mit ihrer Tochter, nicht die richtigen Worte fand …

„Also, gute Nacht, Antoine“, hatte sie gesagt und gehofft, er würde nicht auflegen.

„Gute Nacht, Constance, und fahren Sie vorsichtig!“

Ihre Fahrten hatten sie nach Tarbes, nach Marmande, nach Cahors geführt, überallhin, wie es ihr schien. So war der schönste Teil des Herbstes vergangen. Sie hätte ihn viel lieber in Sauvagnac, auf dem Aubrac oder um Massobre herum verbracht, ihr erster Herbst zu Hause, seit sie aus Paris geflohen war. Sie hätte gerne in der Luft das Streicheln des Windes wieder gefunden, seinen Geruch nach welkem Laub, nach Most in alten Fässern, hätte gerne das Bellen der Jagdhunde auf den Hügeln gehört. Auf den Hügeln am Horizont, die sich umso weiter zu entfernen schienen, je kahler die Bäume wurden. Man kann sich in seinen Ort flüchten und dort wahrhaft glücklich sein – und Constances Ort war von nun an La Retirade.

UND ES geschah eines Abends, als sie von ihrer Reise zurückkam. Die Nacht brach herein, als sie auf den Hof fuhr, wo Anselme auf der Schwelle auf sie zu lauern schien.

„Und?“, fragte er, sobald sie aus dem Wagen stieg.

„So weit, so gut“, antwortete sie nur.

Ihr Lächeln verriet aber, dass es viel besser war als nur so lala. Sie hatte ihnen die Zahlen der letzten zwei Wochen nicht mitgeteilt, um keine falschen Hoffnungen zu wecken. Aber heute Abend war es Zeit, alles zu erzählen.

„Hol Laurent und Marie“, sagte sie. „Ich lade euch zu mir ein.“

„Nein, du bist zu uns eingeladen. Wir haben gehofft, dass du heute kommst, also hat Marie etwas vorbereitet. Du musst doch genug davon haben, immer allein zu essen.“

„Ja, ein wenig schon“, gab Constance zu.

In dem kleinen Häuschen von Anselme und Marie war der Tisch bereits gedeckt, für vier Personen. Natürlich, Laurent wohnt ja hier, fiel es Constance wieder ein. Er war auch da, ging in der Küche auf und ab. Als sie hereinkam, hörte er auf, so unruhig hin und her zu wandern. Der junge Mann war ihr immer so phlegmatisch, so distanziert erschienen, dass sie sich darüber freute.

„Und?“, fragte Anselme. „Wie viel?“

„Sechshundertdreißig und hundertzwanzig.“

„Siebenhundertfünfzig?“, schrien Marie und Anselme wie aus einem Munde.

„Genau! Sechshundertdreißig aus Ulme und hundertzwanzig aus Palisander. Was sagt ihr dazu?“

„Das ist unglaublich!“

Sie bestürmten sie mit Fragen: Wo? Wie?

Constance gab vergnügt Antwort, würzte sie mit hundert kleinen

Anekdoten, aber dann sagte sie plötzlich: „Danke, Anselme. Wenn du mir nicht die Lösung eingegeben hättest, wären wir heute nicht so weit. Und auch Ihnen danke, Laurent: Dank Ihrer Entwürfe haben wir wunderschöne Messer…“

„Und danke für die Suppe“, unterbrach Marie sie. „Können wir essen?“

„Aber immer!“, rief Anselme aus.

„Halt“, sagte Constance, „da ist noch etwas, was ich euch sagen muss.“

„Was?“, fragte Anselme.

„Die Lieferzeit. Sie wollen sie alle innerhalb von zwei Monaten haben. Ich habe mein Wort darauf gegeben.“

„Bist du verrückt geworden?“, knurrte Anselme. „Das ist ausgeschlossen! Das schaffen wir nie. Die Männer sind es nicht mehr gewöhnt, so hart zu arbeiten. Und außerdem sind unsere Maschinen alt. Wir müssen alle Bohrer auswechseln.“

„Wir schaffen es“, erklärte Laurent, „und wenn wir nachts arbeiten müssen.“ Als sein Blick dem von Constance begegnete, versuchte er diesmal nicht, ihrem auszuweichen, und sie entdeckte darin sogar so etwas wie heimliches Einverständnis, eine wertvolle Unterstützung, mit der sie nicht gerechnet hatte.

Am nächsten Morgen, als sie telefonierten, teilte Antoine ihre Begeisterung. Seine Stimme klang warm und ganz nah, er lachte.

„Sollen wir das nicht feiern, indem wir essen gehen?“, schlug er vor.

„Nur wenn ich Sie einladen darf, das bin ich Ihnen wirklich schuldig.“

Sie verabredeten sich für acht Uhr im „Vieux-Causse“, dem einzigen richtigen Restaurant in Sauvagnac.

Sie war pünktlich, Antoine ein wenig zu spät, denn er hatte noch einmal bei der Zeitung vorbeifahren müssen, um einen Artikel unter Dach und Fach zu bringen. Sie hatte zweimal auf ihre Uhr gesehen, er in seinem Auto sehr viel öfter.

„Sie haben mir gefehlt“, sagte er, als er sich setzte.

Sie sagte nicht: Sie mir auch, denn ihr Lächeln sprach für sich. Als er einen Aperitif bestellen wollte, legte sie ihm eine Hand auf den Arm und sagte: „Nein, Champagner.“

„Ach?“

„Ja, Monsieur. Ich habe Ihnen am Telefon nicht alles gesagt. Ich habe nicht nur sehr viel mehr Aufträge als erhofft bekommen, sondern auch den Bescheid von der Bank: Ich bekomme den Kredit.“

„Sie haben eine …“

„Ja, ich habe eine Hypothek auf La Retirade aufgenommen.“

„Also läuft alles nach Plan?“

„Wenigstens auf dem Papier sieht es gut aus. Wir werden schnell arbeiten müssen, denn die Lieferfrist beträgt nur zwei Monate.“

Den Champagner spendierte dann der Besitzer des Restaurants, Paul Crozade. Er hatte, als er die Bestellung aufnahm, Constances letzte Worte gehört, und nur eine Sekunde später war er wieder da, mit einer Magnumflasche in der Hand, und setzte sich, ohne lang zu fragen, zu ihnen an den Tisch.

„Das ist nun wirklich einmal eine gute Nachricht, Madame Pagès. Meine Frau und ich haben uns oft gefragt, ob Sie sich nicht doch entmutigen lassen würden. Und wir stehen da nicht allein. Hier weiß doch jeder alles … Außerdem sind wir mit Marie befreundet.“

„Ich weiß, Monsieur Crozade.“

„Also, der Laden kommt wieder in Schwung. Da fällt uns allen ein Stein vom Herzen. Ohne die Werkstatt des alten Pagès hätte das Dorf bestimmt nicht überlebt.“

Seine Frau, eine ehemalige Klassenkameradin von Constance, hatte sich zu ihnen gesellt und beglückwünschte sie nun ihrerseits. Im Grunde ihres Herzens war Constance froh über diese Unterstützung, zumal das Wirtspaar ihr gesagt hatte, dass sie nicht die Einzigen seien, die so dachten.

„Haben Sie jetzt keine Angst mehr vor der Verschwörung?“, fragte Antoine, als sie wieder allein waren.

Wie zärtlich seine Stimme plötzlich klang.

„Haben meine Anrufe Sie sehr gestört, Antoine?“

„Ja, sehr“, antwortete er lachend. „Das hat mich spüren lassen, dass Sie nicht da sind.“

„Und wie ist es Ihnen in der Zwischenzeit ergangen?“, fragte sie.

„Man hat mir einen jungen, verletzten Geier gebracht.“

„Schwer verletzt?“

„Ziemlich. Er kann nur vorverdaute Nahrung fressen. Seine einzige Chance ist, dass ich ihn zurückbringe. In seinen Horst.“

„Mitten in den Felsklippen?“

„Ja.“

„Das ist gefährlich, Antoine. Das können Sie nicht tun.“

„Sie wissen sehr gut, dass ich es tun werde.“

Sie senkte den Kopf, ihr war plötzlich sehr kalt, denn die Vorstellung, ihn zu verlieren, schien ihr unerträglich.

„Es ist ja noch eine Weile hin“, sagte er. „Erst muss ich ihn medizinisch versorgen.“

Sie zwang sich trotz ihrer Angst, die sie nicht mehr losließ, zu lächeln. Er spürte diese Angst und hätte am liebsten ihre Hand genommen. Aber er wusste, dass das nicht ging. Heute Abend speisten Madame Pagès, Unternehmerin, und Monsieur Linarès, Journalist, gemeinsam im Vieux-Causse, um über den Neuanfang der Manufaktur Pagès zu sprechen. Das konnte jeder sehen. Also unterhielten sie sich nur darüber, damit die Lauscher um sie herum keinen Grund zur Neugier hatten.

Als sie vom Tisch aufstanden, musste Constance noch einmal die Glückwünsche des Wirtspaars über sich ergehen lassen. Sie dankte ihnen, war aber innerlich nicht bei der Sache. Die Nacht draußen war kühl, beinahe kalt. Antoine ging nahe neben ihr, aber er nahm ihren Arm nicht, denn der Platz war beleuchtet. Sie gingen ein paar Schritte und verabschiedeten sich schließlich vor dem Wagen von Constance.

„Wann werden Sie mir Ihren Méjean zeigen, Antoine?“

„Wann immer Sie wollen.“

„Samstagnachmittag?“

„Wenn Sie möchten. Ich rufe Sie an.“

ANTOINE hatte am nächsten Tag die Verabredung bestätigt, und sie hatte an nichts anderes mehr denken können. Als dann am Samstagvormittag im Wohnzimmer von La Retirade das Telefon klingelte, war Constance, die kurz aus der Werkstatt herübergekommen war, um einen Kaffee mit Marie zu trinken, überzeugt, dass er es war und dass etwas dazwischen gekommen sei.

„Spricht dort Madame Pagès?“

„Ja.“

„Hier ist Monsieur Marty, der Direktor des Internats. Ihre Tochter ist verschwunden. Ich wollte wissen, ob sie bei Ihnen ist.“

„Nein. Hier ist sie nicht. Ich komme sofort.“

„Soll ich es der Polizei melden?“

„Nein…, doch… Es ist wohl besser.“

Constance legte auf, erklärte Marie kurz, was los war, und bat sie, im Haus zu bleiben, falls Vanessa anrufen sollte; dann sprang sie in ihren Wagen.

Monsieur Marty erwartete sie mit der für den Schlafsaal zuständigen Aufsichtsperson und einem Polizisten. Constance bat darum, Vanessas Schlafsaal sehen zu dürfen: Ihr Schrank war halb leer, und sie hatte die Reisetasche mitgenommen. Sie war ausgerissen, wirklich ausgerissen, so wie sie es mehrfach angedroht hatte.

„Bitte, suchen Sie auch in Rodez nach ihr“, sagte Constance zu dem Polizisten. „Aber das Wahrscheinlichste ist, dass sie einen Zug nach Paris genommen hat.“

Am Bahnhof konnte sich niemand an einen Teenager mit einer

roten Reisetasche erinnern, aber was hieß das schon? Sie hatte vermutlich den Zug um 7.12 Uhr genommen, der um 13.55 Uhr in Paris ankam. Sie konnte nur eines tun: Pierre anrufen und ihn bitten, sie am Gare d'Austerlitz abzufangen, wenn sie aus dem Zug stieg.

ALS SIE Pierre schließlich erreichte, sagte eine Frauenstimme, er käme gleich, einen Moment bitte. Pierre hatte seine Samstagmorgenstimme, die Constance gut kannte – er pflegte spät aufzustehen und den Tag langsam anzugehen.

„Das passiert eben, wenn man das Leben einer Vierzehnjährigen über den Haufen wirft."

„Das passiert eben, wenn man sich nicht um seine Tochter kümmern will", antwortete Constance kurz angebunden. Pierres Bemerkung hatte sie tief getroffen. „Sei wenigstens am Bahnhof. Ich komme."

„Du kommst?"

„Ja, mit dem Auto. Heute Abend bin ich da. Denn vermutlich hast du nicht vor, sie bei dir zu behalten?"

„Natürlich nicht!"

„Nein, natürlich nicht. Also muss ich sie ja wohl zurückholen."

Gegen ein Uhr mittags fuhr Constance nach La Retirade zurück, um eine Tasche zu packen, etwas zu essen und Antoine anzurufen, um die Verabredung für den Nachmittag abzusagen.

„Es tut mir schrecklich Leid, Antoine."

„Suchen Sie Ihre Tochter, Constance. Der Méjean kann warten. Das liegt in seiner Natur."

„Ich hatte mich sehr darauf gefreut, wissen Sie?"

„Wir sehen uns bald", sagte er dann mit einer Stimme, in der, so schien es Constance, alles lag, was sie sich erhoffte.

Er bat sie, ihn aus Paris anzurufen. Das versprach sie und stieg ins Auto für die wohl längste Fahrt ihres ganzen Lebens.

# 11

Pierre war pünktlich am Bahnhof und Vanessa tatsächlich in dem Zug gewesen. Aber sie hatte die ganze Reise lang Zeit gehabt, alle Möglichkeiten zu durchdenken, so auch, dass ihr Vater am Bahnhof stehen könnte. Sie war quer über die Gleise gelaufen und hatte es auf diese Weise geschafft zu verschwinden – sie fand es wunderbar. Pierre hatte den ganzen Bahnhof abgesucht, sie mehrfach ausrufen lassen, bevor er aufgegeben und Constance auf ihrem Handy angerufen hatte. Die war noch weit vor Paris, aber jetzt schon mit den Nerven am Ende gewesen.

In der Zwischenzeit hatte Vanessa einen herrlichen Nachmittag genossen, hatte die Straßen von Paris wieder entdeckt, war umhergelaufen ohne bestimmtes Ziel, einfach nur, um die Luft dieser Stadt zu atmen, ihrer Stadt. Sie hatte auch ein paar alte Klassenkameradinnen angerufen und mit ihrer besten Freundin eine Cola getrunken. So gegen 19 Uhr hatte sie entschieden, jetzt sei es genug, und bei ihrem Vater geklingelt, der in seiner Wohnung auf und ab lief und auf Constance wartete, damit sie gemeinsam überlegen könnten, was nun zu tun sei. Vor Überraschung und Erleichterung hatte er sie in die Arme geschlossen, und für einen Moment hatte Vanessa geglaubt, alles sei wie früher, als er samstags mit ihr in den Jardin du Luxembourg gegangen war und ihr jeden Wunsch von den Augen abgelesen hatte. Sie hatten sich wie damals unterhalten oder wenigstens fast.

Nun waren sie alle drei vereint in Pierres Wohnung in der Rue Caulaincourt. Es war vielleicht nicht gerade der erste Whisky, den Pierre trank, aber heute Abend hatte er eine gute Ausrede. Vanessa schien aufgewühlt. Als ihre Mutter hereingekommen war, hatte sie sich damit begnügt, ihr zuzunicken, und dann hämisch bemerkt: „Das tut mir aber Leid, dass ich dich durch die Gegend gejagt habe.“

Constance hätte ihr am liebsten eine Ohrfeige verpasst, aber sie war zu erschöpft, nachdem sie sich über fünf Stunden lang das Schlimmste ausgemalt hatte.

„Mach das nie wieder!“, war das Einzige, was sie herausgebracht hatte, mit einer tonlosen Stimme, in der Wut und Erleichterung sich die Waage hielten.

„So oft, wie es noch nötig ist!“, hatte Vanessa geantwortet.

Pierre hatte Constance zurückgehalten und aufs Sofa zurückgezerrt, als diese sich auf ihre Tochter stürzen wollte. Dann hatten sie alle drei lange geschwiegen.

Vanessa wandte ihnen den Rücken zu und ging vor dem Fenster auf und ab. Constance und Pierre beobachteten sie und zögerten, etwas zu sagen, was vielleicht nicht wieder gut zu machen wäre.

„Ich kann dich nicht das ganze Jahr hier haben. Wie du weißt, lebe ich nicht allein, und die Wohnung ist einfach zu klein.“

Vanessa sah ihren Vater an.

„Hier ist mein Angebot: Du kommst in den Ferien, regelmäßig in allen Ferien; natürlich nur, wenn du nichts Besseres vorhast. Auch den Sommer lang, selbst wenn das Schwierigkeiten mit Charlotte geben könnte.“

„Sie heißt auch noch Charlotte“, stöhnte Vanessa, aber ihre Stimme klang schon ein wenig gelöster.

Pierre kannte seine Tochter: Sie war drauf und dran nachzugeben. Also sprach er weiter, um Vanessa keine Zeit zu lassen, einen neuen Ausweg zu finden.

„Du hast doch ständig Ferien. Die über Allerheiligen sind nächste Woche. Kein Problem, nächste Woche kommst du, dann fährst du nach Rodez zurück, aber Weihnachten kommst du wieder her. Also?“

„Okay, gut, vielleicht ... Unter einer Bedingung: Am Ende des Schuljahres verhandeln wir neu.“

Weder Pierre noch Constance hatten die Kraft zu widersprechen. Kampfesmüde schlugen sie vor, beim Chinesen an der Ecke essen zu gehen. Plötzlich waren sie sich fast wieder nahe, beinahe entspannt, aber sie wussten, dass es zum größten Teil die Erleichterung war. Vanessa beobachtete sie voller Staunen: In ihren Augen war es einfach unsinnig, dass die beiden sich getrennt hatten.

„Noch sieben Tage, die ich rumkriegen muss", meinte sie, als sie sich nach dem Essen auf dem Bürgersteig von ihrem Vater verabschiedete.

Aber sie sagte es beinahe lächelnd.

Constance hatte Antoine gleich nach ihrer Rückkehr aus Paris angerufen, und nachdem sie sich gemeinsam über die für Vanessa gefundene Lösung gefreut hatten, hatten sie ein neues Treffen verabredet. Antoine hatte am Telefon besorgt geklungen. Wahrscheinlich macht der kleine Geier Probleme, dachte Constance, die an etwas anderes gar nicht denken konnte.

Sie war äußerst gut gelaunt, als sie in Massobre ankam.

„Also, was machen wir?", fragte sie, kaum dass sie aus dem Auto gestiegen war, um nicht verlegen zu werden wie sonst immer zu Beginn ihrer Begegnungen. „Lassen wir Vögel frei?"

Antoine lächelte und antwortete: „Das würde ich gern, aber heute habe ich keinen Kandidaten. Die Herren ziehen es vor, bis zum Frühjahr zu warten."

„Wie dumm von ihnen. Es gibt keine richtige Jahreszeit, um davonzufliegen."

„Ich weiß nicht", antwortete Antoine plötzlich gedankenverloren. „Auf jeden Fall wird es herrlich bei diesem Wetter."

„Also los!"

Sie fuhren in die Tarn-Schlucht hinab, wo der Fluss zwischen weißen, runden Steinen aufblitzte, dann ging es zwischen rostbefallenen Bäumen auf der anderen Seite wieder hinauf. Steinige Wege zweigten nach rechts und links ab und verloren sich im Unterholz, wo bereits die Blätter von den Zweigen fielen. Der Hauptweg führte geradeaus weiter, zog sich über die sanften Hügel, und bald war alles Grün verschwunden. Antoine fuhr noch ein Stück weiter und bog dann in Richtung Drigas ab, wo sie durch eine Landschaft kamen, in der die Felsblöcke wirkten, als seien sie vom Himmel zerquetscht worden. Er steuerte auf die Kuppe zu und stellte den Motor ab. Genau hier hatte er vor vier Monaten den Milan freigelassen.

Constance stieg aus und sah sich um. Wenn in der Ferne nicht die Fichtenwälder wie Zungen hineingewachsen wären, deren Ränder wie mit der Sichel beschnitten wirkten, es wäre wirklich eine Mondlandschaft gewesen. Sie fröstelte und fragte: „Hier sind sie nicht, die Geier, oder?"

„Nein", antwortete Antoine zerstreut. „Das ist weiter hinten in Richtung Meyrueis."

„Heute denken Sie gar nicht an die Vögel, das kann ich sehen. Ist etwas nicht in Ordnung?"

„Es ist rasch erzählt: Man will mich nach Montpellier strafversetzen."

„Wenn es sonst nichts ist! Und dazu gibt es nicht mehr zu sagen?"

„Nein, eigentlich nicht. Ich störe hier, das ist alles. Das ist übrigens nichts Neues. Es ist wirklich lächerlich: Einerseits wirft man mir vor, für zweitrangige Dinge zu kämpfen, und andererseits, ich würde investigativen Journalismus betreiben."

„Und in Wirklichkeit?"

„Was die zweitrangigen Dinge betrifft, weiß ich es nicht. Was das investigative Vorgehen anbelangt, das trifft bestimmt nicht zu. Ich suche nach nichts. Aber manchmal muss man gar nicht suchen, um etwas zu finden."

Constance lächelte, dachte einen Augenblick nach. „Und werden Sie annehmen?", fragte sie mit einer Stimme, der sie vergeblich einen sachlichen Klang zu geben versuchte.

„Natürlich nicht. Glauben Sie, ich lasse meinen Vater hier allein? Von den Vögeln ganz zu schweigen: Die in der Voliere könnten ohne mich nicht überleben und ich nicht ohne sie. Und ohne das hier könnte ich auch nicht leben." Ungestüm zeigte er auf den weiten Raum, der um sie herum unter der spätherbstlichen Sonne knisterte. „Und Sie will ich auch nicht zurücklassen, Constance."

Sie standen nahe beieinander. Sie stellte überrascht fest, dass sie gar nichts tun musste, damit seine Arme sich um sie schlossen. Lange blieben sie so umschlungen stehen, hörten schweigend dem Wind zu. Mit großer Zärtlichkeit küsste er sie lange, ganz lange. Sie spürte seine Hände auf ihrem Rücken und fragte sich, ob er merkte, dass sie zitterte.

„Antoine…, ich will Sie nicht verlieren."

„Ich werde nicht fortgehen", sagte er.

„Nicht bevor der Adler wieder fliegen kann", versetzte sie lächelnd.

„Er wird nie mehr fliegen."

Sie war zwar überzeugt, dass er eines Tages wieder fliegen würde, dieser verletzte Adler, aber sie erwiderte nichts. Sie presste sich an Antoine. Allmählich verfärbte sich der Himmel in jenem leuchtenden Rot, das eine kalte Nacht, aber einen sonnigen nächsten Tag ankündigte. Man hätte denken können, die ganze Welt stünde in Flammen. Es war unendlich schön, aber auch unendlich schmerzlich. Jetzt hier sofort mit ihm sterben, dachte Constance. Aber dann verbot sie sich diesen Gedanken heftig. Es galt vor allem zu leben, jetzt, da sie diesen Mann gefunden hatte, der zu ihrer Heimat gehörte.

„Ich habe so lange gewartet", sagte er.

Schweigend gingen sie bis zum Auto, und sie ließ dabei die ganze Zeit ihren Kopf auf seiner Schulter liegen. In Massobre, das sagte er ihr, als sie losfuhren, würde das Feuer schon angezündet sein.

Sie aßen etwas ganz Einfaches in Gesellschaft von Antoines Vater: Brot und Tomatensalat mit Olivenöl. Auch während dieser Mahlzeit redeten sie nicht viel. Es war José-Luis, der die Konversation fast allein bestritt. Antoine konnte es kaum fassen: Sein sonst so schweigsamer Vater hatte in Gegenwart dieser Frau die Sprache wieder gefunden.

Als sie aufgegessen hatten, ging der Alte schlafen. Die Nacht legte sich mit langen Seufzern, die durch das offene Fenster zu hören waren, über das kleine Dorf. Sie setzten sich vor den Kamin und schwiegen eine ganze Weile.

„Antoine, was machen Sie, wenn man Sie wirklich nach Montpellier versetzt?" Obwohl sie sich alle Mühe gab, sie schaffte es einfach nicht, ihn zu duzen.

„Ich werde kündigen. Das hast du doch auch gemacht. Ich gebe meine Wohnung in Rodez auf und ziehe ganz hierher. Vielleicht schaffe ich es dann endlich, dieses Buch zu schreiben."

„Was für ein Buch?"

„Ach, natürlich, ich habe dir noch gar nichts davon erzählt." Er lachte kurz auf, als mache er sich über sich selbst lustig: „Ich habe vier Krimis unter Pseudonym veröffentlicht... Aber von denen spreche ich nicht." Er zögerte und fuhr dann in ernstem Tonfall fort. „Ich habe ein Buch über Spanien und über meinen Vater angefangen. Ein Buch, das seine Geschichte und ihrer aller Geschichte erzählt. Ihre Träume, wenn du so willst, ihre verrückte Hoffnung... Angefangen ist wohl übertrieben. Es sind jetzt schon Jahre, dass ich damit kämpfe."

„Und wenn Sie für ihn kämpften?"

„Das wäre in der Tat das Richtige. Vielleicht werde ich es jetzt können. Denn ich glaube nicht, dass man gleichzeitig Journalist sein kann und Schriftsteller. Jedenfalls ich kann es nicht. Durch den Journalismus hat man zu wenig Distanz, verstehst du?"

Sie verstand es in der Tat vollkommen. Sie verstand vor allem, dass das Freilassen der Vögel diesem Mann, den die weltliche Prosa völlig gefangen nahm, den notwendigen Abstand zum Alltag verschaffte. Sie schwor sich, wenn sie zusammenleben sollten, dann so frei wie die Vögel im Wind.

In dieser Nacht fuhr sie nicht mehr nach Hause.

Als der Tag gerade anbrach, kehrte sie nach La Retirade zurück. Ein übergroßer, wohliger Frieden erfüllte sie. Am Horizont vor ihr wurde der Himmel über dem Aubrac langsam hell, und die großen, weichen Schwingen der Nacht schienen an ihrem offenen Wagenfenster entlangzustreifen. Ich habe einfach alles, sagte sie sich: ein Haus, einen Mann, einen Beruf, eine Heimat.

Als sie zu Hause ankam, fragte sie sich, ob Anselme und Marie ihr Fortbleiben wohl bemerkt haben würden. Sie putzte sich die Zähne, ging in ihr Zimmer, um sich umzuziehen, und hörte, wie Marie zur Tür hereinkam und in der Küche hantierte, von wo aus sich ein wunderbarer Kaffeeduft ausbreitete.

„Wir haben dich gestern Abend gar nicht zurückkommen hören", sagte Marie zur Begrüßung, als Constance die Küche betrat.

„Das wird wohl daran liegen, dass ich gar nicht nach Hause gekommen bin", gab sie zurück.

„Ich habe heute Nacht kein Auge zugetan. Könntest du mir nicht wenigstens Bescheid geben, wenn du nicht nach Hause kommst?" Dann fügte sie schmunzelnd hinzu: „Oder gibt es in Spanien kein Telefon?"

Constance musste selbst lächeln, sagte aber nichts.

„Ist das der, der den Vögeln das Fliegen beibringt?"

„Nein", antwortete Constance. „Er ist es, dem die Vögel Flügel verleihen."

Als sie so gegen neun Uhr, mit dem Kopf und dem Herzen noch ganz auf dem Méjean, ins Büro ging, war Constance wie vor den Kopf geschlagen von Anselmes mürrischer und feindseliger Miene. Er zog sie wortlos ans Fenster und zeigte auf einen großen, dürren Mann um die vierzig, der im Hof stand.

„Gewerbeaufsichtsamt", flüsterte Anselme.

Constance seufzte. Die Atempause war nicht von Dauer gewesen.

„Hol ihn mir bitte her", sagte sie, plötzlich fest dazu entschlossen, die Waffen mit dem zu kreuzen, der es wagte, ihr das Glück stehlen zu wollen.

Sie wusste sehr gut, dass die Ausstattung der Werkstatt einiges zu wünschen übrig ließ. Das Gewerbeaufsichtsamt hatte ihren Vater vermutlich in dem Glauben, dass die Manufaktur nach seinem Ableben sowieso geschlossen würde, in Ruhe gelassen. Jetzt war man dort hellhörig geworden, und vielleicht war auch das kein Zufall ...

Der Mann grüßte sie kurz angebunden. Alles an seinen Bewegungen, seiner Art zu sprechen und zu gehen, verriet die Wichtigkeit seiner Mission.

In Begleitung von Anselme, der von Zeit zu Zeit vage Erklärungen nuschelte, folgte sie dem Beamten auf seinem Rundgang. Die Garderobe und die Toiletten hatten ihm schon entsetzte Aufseufzer entlockt, aber darüber, dass es keinerlei Brandschutzvorrichtungen gab, schien er wirklich schockiert. Und seine Bemerkungen wurden geradezu unverschämt, als er sich über die Maschinen beugte, während die Arbeiter ihm den Rücken zuwandten, um keine Fragen beantworten zu müssen. Schließlich holte er zum Vernichtungsschlag aus.

„Ich bin mir nicht sicher, ob ich nicht schlicht und einfach die Schließung dieser Produktionsstätte verlangen sollte."

„Das können Sie nicht machen!", sagte Constance entsetzt.

„Bei Ihnen entspricht nichts den allgemeinen Richtlinien. Um alles ordnungsgemäß herrichten zu lassen, müssten Sie über eine Million Francs investieren. Und da sind die Maschinen noch nicht inbegriffen ..."

„Aber was ist mit den zehn Männern, die arbeitslos würden?", fragte Constance wie versteinert. „Hören Sie, Monsieur, ich habe alles, was ich besitze, hier investiert, ich habe auf mein Haus eine Hypothek aufgenommen, das ist mein ganzes Leben, und jetzt ..."

„Es tut mir Leid, Madame, aber in diesem Land gibt es nun einmal Gesetze und Vorschriften."

„Aber es gibt auch Männer, Frauen und Kinder.“

Der Beamte schien nachzudenken, seufzte und sagte dann: „Ich kann nur eins tun, Ihnen einen Aufschub gewähren … Sagen wir, drei Monate, länger nicht. Dann werde ich sämtliche Anlagen erneut überprüfen. Sie werden das innerhalb von acht Tagen schriftlich bekommen.“

Nun, wo die Schlinge, die man ihr um den Hals gelegt hatte, sich etwas lockerte, atmete Constance tief durch. Sobald das Auto abgefahren war, lief sie ins Haus. Sie wusste, dass Anselme und Marie sie dort schon erwarteten.

„Wir müssen machen, was die wollen“, sagte Anselme, als Constance ihm den Beschluss des Beamten mitgeteilt hatte.

„Aber ich habe kein Geld mehr, Anselme! Alles ist für die überfälligen Rechnungen, die Gehälter, den Einkauf von Stahl und Holz draufgegangen. Bevor die ersten Bestellungen nicht bezahlt sind, habe ich gar nichts mehr.“

„Wir werden es müssen“, wiederholte er.

Dann ging er, aber es war nicht sein gebeugter Rücken, der Constance am meisten schmerzte, sondern Maries Tränen, die sie vor ihr zu verbergen suchte, indem sie in die Küche eilte.

Sie stürzte zum Telefon und rief Antoine in der Redaktion an. Er war nicht da. Und plötzlich schien es Constance, als hätte es den Méjean, Massobre und Antoine nie gegeben.

## 12

Constance hatte kaum gemerkt, wie diese ersten Novemberwochen verflogen waren. Für alle Welt stand der November für tief hängende Wolken, dicken Nebel und fallendes Laub, aber für sie war es der Frühling. Vor allem auf ihren Fahrten morgens und abends nach Massobre und zurück. Wenn sie sich, allein in ihrem Auto, gänzlich im Einklang befand mit den Wäldern, den Geröllfeldern, mit dem Himmel, der über den Bergen und nicht mehr über Hochhäusern hell wurde oder in der Dunkelheit versank, dann wurde ihr immer wieder bewusst, wie sehr ihr Leben sich verändert hatte. Das hatte sie sich selbst, aber auch Antoine zu verdanken. Noch nie war sie sich der Liebe zu einem Mann so sicher gewesen.

Das Gewerbeaufsichtsamt hatte Constance drei Monate Zeit gegeben, keinen Tag länger, um die Anlagen den Vorschriften anzupassen. Die Bank hatte selbstverständlich jeden weiteren Kredit verweigert. Constance wusste kaum mehr aus noch ein, aber sie musste eine Lösung finden, und das schnell.

„Ich mache mich auf den Weg", hatte sie an diesem Morgen zu Antoine gesagt, als sie in Richtung Sauvagnac aufbrach. „Ich fahre heute nach Paris."

„Wegen der Wohnung?"

„Ja. Ich muss sie innerhalb von vierzehn Tagen verkauft haben, wenn ich nächsten Monat mit den Bauarbeiten anfangen will."

„Wann kommst du wieder?"

„So schnell wie möglich."

Sie fuhr zeitig los und kam bereits am frühen Nachmittag in Paris an. Sie holte Pierre im Büro ab und fuhr mit ihm zu ihrem Immobilienmakler. Unterwegs erzählte er ihr, dass der Besuch Vanessas zu Allerheiligen sehr viel angenehmer verlaufen war als erwartet. Constance bestätigte, dass sie insgesamt weniger aggressiv wirkte, auch wenn sie für die Schule immer noch überhaupt nichts tat.

Er hatte nichts dagegen, dass sie den Preis für die Wohnung um zwanzig Prozent senkten, denn er wollte gerne aus der Rue Caulaincourt wegziehen und brauchte dazu seinen Teil der Verkaufssumme. Der Immobilienmakler zeigte sich optimistisch: Zu diesem Preis würde er sicherlich schnell einen Käufer finden. Constance verließ sein Büro ein wenig zuversichtlicher, und sie gab Pierre eine Vollmacht, dass er alles unterschreiben konnte, damit sie dafür nicht noch einmal nach Paris kommen müsste.

Abends zögerte sie nach einem kurzen Essen mit Pierre in einer Brasserie, ob sie noch zurückfahren sollte: Sie war müde. Als sie Antoine anrief, riet er ihr davon ab.

„Und was ist mit dem kleinen Geier?", fragte sie, als wüsste sie instinktiv, dass er ihn in ihrer Abwesenheit zurückbringen wollte.

Er konnte sie einfach nicht anlügen, und plötzlich bekam sie Angst.

„Versprich mir, dass du vorsichtig bist!"

Sie kam sich so einsam vor, dass sie, anstatt sich ein Hotel zu suchen, doch losfuhr. Kaum war sie aus Paris heraus, umfing die Nacht sie, grau und kalt. Desillusioniert fuhr sie schließlich sehr schnell, als sei dort, zu Hause, jemand in Gefahr.

An jenem Morgen startete Antoine bei Tagesanbruch, denn er wusste nicht, wie lange er brauchen würde, um einen Horst zu finden. Wenn er dann bis dorthin gelangte, dann könnte er den jungen Geier darin absetzen und dürfte hoffen, dass die Altvögel ihn annahmen. Geier kümmerten sich nämlich um ihren Nachwuchs auch noch, nachdem er flügge war – sie legten immer nur ein Ei und hatten somit nur ein Junges.

Wenigstens wusste Antoine, in welche Richtung er sich wenden musste an diesem Morgen, an dem die Sonne kaum einmal durch die dichten weißen Dunstbänke hindurchkam. Kurz vor Millau war er nach links auf die Straße nach Meyrueis abgebogen und war in das schmale Tal gefahren, das den Méjean südlich begrenzte. Dann hatte er seinen Kastenwagen auf dem Aussichtsplateau stehen lassen, am Fuß der Felsen, in denen in der Jonte-Schlucht die großen, wild lebenden Geier hausten.

Das Tier, das Constance den Babygeier nannte, war inzwischen sieben Monate alt und ganz schön schwer geworden. Es war kein Vögelchen mehr, und Antoine hatte es in einen Rucksack stecken müssen, wogegen es sich zunächst gewehrt hatte.

Er war hier in der Gegend schon oft herumgelaufen, ein wenig weiter Richtung Saint-Pierre-des-Tripiers, einem winzigen Dorf, in dem die Straße im äußersten Südwesten des Méjean endete, ganz in der Nähe der Stelle, wo das Plateau steil in eine Schlucht abfällt, auf deren Grund man nicht sehen kann. Aber Antoine hatte nicht die geringste Erfahrung im Klettern. Zumindest nahm er sich jetzt die Zeit, die Umgebung mit seinem Fernglas nach der Stelle abzusuchen, die ihm am leichtesten zu erreichen schien, aber auch die ließ ihm, schon von hier unten betrachtet, den kalten Schweiß ausbrechen.

Er wartete bis zum Vormittag, um sicherzugehen, dass er an der richtigen Stelle war, denn er wusste, dass die Geier nur losfliegen, wenn sie die warmen Aufwinde nutzen können. Das Licht blendete so sehr, dass er die Vögel nicht abfliegen sehen konnte und sie erst erahnte, als sie über dem Méjean waren, mit unbeweglichen Flügeln, weißem Bauch, schwarzem Rücken, einem hellen Kragen um den Hals, und sich von den warmen Luftmassen tragen ließen.

Antoine kletterte los, hielt sich so nah wie möglich am Felsen und bedauerte, dass die Gegend um diese Jahreszeit so menschenleer war. Falls er stürzte, würde es eine Weile dauern, bis man ihn fand. Aber er würde nicht stürzen, denn stürzen hieße, alles zu verlieren, und alles, das war seit kurzem Constance. Er machte auf einer kleinen Plattform Halt, von der aus er das gesamte Tal in seiner wilden Schönheit überblicken konnte. Auf der Stelle hatte er das Gefühl, für alle Mühe belohnt worden zu sein, bis er sich fragte, wie er wieder hinunterkommen sollte. Er sah nach oben: Der Felsvorsprung war noch etwa dreißig Meter über ihm. Er behauptete, eine Frau zu lieben, er wollte ein Buch schreiben, hielt das alles für äußerst wichtig, und nun hing er hier zwischen Himmel und Erde, mit einem invaliden Geier auf dem Rücken. Was für ein Spiel spielte er da eigentlich? Aber das wusste er genau. Und es war tatsächlich seine einzige Möglichkeit auszuprobieren, wie viel in ihm noch lebendig war nach all den Jahren der Niederlagen und des Verzichts. Er wollte ausprobieren, ob er noch so viel Kraft wie Constance besaß, denn er wollte ihr ebenbürtig sein. Nun ja, das würde er jetzt gleich wissen.

Er begann zu klettern, schürfte sich die Finger an den Felsen auf, seine Arm- und Beinmuskeln waren wie gelähmt vor Anstrengung. Ein Stein löste sich unter seinen Füßen, und er musste mühsam um sein Gleichgewicht kämpfen. Er verharrte einen Moment, in den Schläfen pulsierte das Blut, dann verfluchte er sich mit allen Schimpfwörtern, die ihm einfielen. Er vermied es, an Constance zu denken. Er durfte nichts als den Felsen im Sinn haben, musste fest an ihm kleben, schauen, wohin er die Füße setzte, und lange tasten, bevor er mit den Händen irgendwo zugriff. Er durfte nicht abstürzen – weil es eine Frau gab, die seit Monaten kämpfte, eine Frau, die auch ihn wieder ein wenig Hoffnung hatte schöpfen lassen.

Mit einem Seufzer der Erleichterung gelangte er endlich auf den Felsvorsprung. Und da war tatsächlich ein Horst, sogar ein ziemlich großer, fast ein Meter Durchmesser, aus Moos, Zweigen und Reisig gebaut. Ein paar Federn wiesen darauf hin, dass er nicht verlassen war.

Nach tausend Verrenkungen gelang es ihm, den Rucksack zu öffnen, den Geier herauszuholen und ihn inmitten des Nestes abzusetzen. Sofort begann der Kleine jämmerlich zu schreien, vielleicht nach den Alten, deren Schatten ab und zu über die Felsen glitten.

So. Das war geschafft. Jetzt musste er nur noch wieder hinunterkommen. Es war nicht leicht, und hinterher wusste Antoine selbst nicht, wie er es geschafft hatte. Jedes Mal war das Bild von Constance ihm vor Augen erschienen und hatte ihm neue Kraft gegeben. Unten legte er sich in das kurze Gras und blieb lange reglos liegen, mit klopfendem Herzen, die Augen zum Himmel gerichtet. Schon bald machte er zwei Schatten über sich aus: ein Geierpaar, das näher kam, weil es Aas vermutete. Mit einem Satz sprang er auf. Da stiegen die Raubvögel mit einem Flügelschlag wieder höher.

DEN GANZEN Rückweg lang hatte sich Constance vorgenommen, Antoine nicht mit ihrer Angst zu belästigen. Aber schon am frühen Morgen, nachdem sie sehr schlecht und wenig geschlafen hatte, hatte sie in Massobre angerufen. Doch es war jedes Mal José-Luis am Apparat gewesen. Nein, Antoine sei noch nicht da, sie solle sich keine Sorgen machen, der Kleine wisse schon, was er tue.

Antoine war so gegen drei Uhr zurückgekommen. Er hatte rasch etwas gegessen und dann bei Constance angerufen.

„Alles glatt gelaufen", hatte er gesagt.

Aber er hatte sich abends, als sie in Massobre wieder vereint waren, gehütet, ihr zu erzählen, was für ein Risiko er tatsächlich eingegangen war. Im Gegenteil, er redete vor allem von der wilden Schönheit der Natur.

„Nimmst du mich mal mit dorthin?", hatte sie gefragt.

„Samstag, wenn du magst."

Sie hatte ihm kurz berichtet, was sich in Paris ereignet hatte, dann waren sie schlafen gegangen, denn sie waren beide vom vergangenen Tag erschöpft. Gegen vier Uhr morgens wachten sie gleichzeitig auf, beide von der gleichen Angst gewürgt, als hätten sie sich tatsächlich um ein Haar verloren. Bis in den frühen Morgen bewiesen sie einander, dass sie sehr lebendig waren, und versuchten sich davon zu überzeugen, dass nichts sie jemals trennen könnte.

Während der beiden folgenden Tage bedrängte Constance den Immobilienmakler so sehr, dass die Wohnung am Freitagmittag verkauft war. Sofort bestellte sie Handwerker, damit sie mit den notwendigen Renovierungsarbeiten anfingen, und sie rangen die Hände, als sie ihnen sagte, innerhalb welcher Frist alles instand gesetzt sein müsse. Sie musste schon wieder bitten, sie überzeugen, dass die Zukunft der Werkstatt und damit die des Dorfes in ihren Händen lag. Sie erhielt nur vage Versprechungen.

ENDLICH wurde es Samstag. Als sie am Fuß des Felsens ankamen, konnte sie sich allerdings eines Schauderns nicht erwehren.

„Du bist vollkommen verrückt", sagte sie leise. „Du hättest hundertmal abstürzen können."

„Ach was", meinte Antoine, während er mit dem Blick das Gebüsch unterhalb der Klippe absuchte.

Er entspannte sich etwas, als er vollkommen sicher war, dass dort kein Vogelkadaver lag. Der junge Geier war immer noch oben. Wahrscheinlich jedenfalls.

„Komm", sagte er und nahm Constance bei der Hand. „Ich habe gute Neuigkeiten, aber das sage ich dir erst, wenn wir oben sind."

Schweigend gingen sie bis zum Aussichtspunkt, von wo aus man das Tal in der Sonne funkeln sehen konnte. Hinter ihnen ragte der Méjean in den Himmel wie der Bug eines Schiffes. Ganz hoch oben im leuchtenden Blau drehten vier Geier ihre Runden.

„Ich hoffe, er macht es ihnen bald nach", sagte Antoine.

„Wer?"

„Meiner. Ich hoffe auch, ihn bald wiederzusehen, denn ich muss nicht nach Montpellier."

Constances Herz machte einen Sprung.

„Wirklich?"

„Ich habe es heute Morgen erfahren. Sie haben es aufgegeben, ohne die geringste Erklärung natürlich, aber ich habe auch nicht auf einer bestanden."

Constance kam es plötzlich vor, als löse sich alle Gefahr, alle Bedrohung in Luft auf. Keine Klippen mehr, kein Exil, nur noch dieser helle, friedliche Vormittag. Mit Antoine an ihrer Seite, so schien es ihr, würden sich all ihre Probleme in der Manufaktur von selbst erledigen. Und auch wenn das nicht der Fall war, so bliebe doch die Erinnerung an diesen einzigartigen Tag, von einer zauberhaften Klarheit, an diesen ersten Tag eines wolkenfreien Lebens, das vor ihr lag; ein Leben, ein ganzes Leben mit diesem Mann, der eine Steilwand erklommen hatte, damit ein Vogel leben konnte.

# 13

Das Einzige, was Constance an ihrem neuen Leben wirklich bedauerte, war, dass sie zu beschäftigt war, um die Minuten, die Stunden auszukosten. Sie gelobte sich, dass das besser würde, wenn die größten Schwierigkeiten überwunden wären, aber sie fühlte sich von der Flut von Problemen überwältigt, und ein Ende war nicht absehbar.

Aber trotzdem überkam sie niemals ein Gefühl der Reue. Ganz im Gegenteil. Sie mochte diese Morgen, an denen sie, Marie und Anselme um den großen Küchentisch saßen, einen Becher heißen Kaffee vor sich. Draußen säte mittlerweile der Dezember überall seine weiße Saat, polsterte damit die Wege und den Hof, und er schliff den Wind, der von den Gipfeln herabkam, messerscharf. Da war es gut, zu dritt in der warmen Stube zu sitzen, während im großen Kamin ein Feuer brannte. Constance hatte dann wieder ein Gefühl von Geborgenheit, so wie früher, als sie zehn Jahre alt gewesen war, in diesem Haus, und das gleiche Glücksgefühl wie damals überkam sie. Sie schloss die Augen, machte sie lange nicht mehr auf.

„Du solltest manchmal auch schlafen, mein Kind", schalt Marie sie dann, und Constance antwortete immer: „Ich schlafe genug."

Solche Unterhaltungen führten sie, wenn sie morgens aus Massobre kam, bevor sie ins Büro ging und Anselme in die Werkstatt. Es war wie eine Art geheimer Familienrat, den sie da abhielten.

An diesem Morgen war der Familienrat in hellem Aufruhr, weil Constance verkündet hatte, dass sie noch drei Arbeiter einstellen wollte. Der Buchhalter hatte ihr vehement davon abgeraten, aber sie konnten immer noch nicht allen Bestellungen nachkommen. Also dachte sie daran, drei junge Leute aus dem Dorf einzustellen, unter anderem einen Sohn der Delheure-Vettern, die pausenlos orakelt hatten, die Manufaktur müsse geschlossen werden. Anselme war dagegen, Marie dafür, denn sie glaubte, dies sei der einzige Weg, seitens der Familie endlich Frieden zu haben.

Was das betraf, hatte sie wirklich nicht die geringste Sorge. Nein, ihre eigentlichen Sorgen lagen ganz woanders: dass sie es mangels guter Maschinen und Arbeitskräfte nicht schafften, genügend Klingen aus dem Thiers-Stahl zu schmieden. Sie würde ein Unternehmen finden müssen, das für sie den Stahl bearbeitete, und sie würden sich damit begnügen müssen, die Messer zusammenzusetzen, bis ihre Probleme behoben waren.

Der Bürgermeister und der Arzt ließen sich nicht mehr blicken. Sie warteten vermutlich in aller Ruhe ab, bis die Angelegenheit reif war, um sich dann einzuschalten. Sie selbst versuchte, im Dorfleben so wenig wie möglich in Erscheinung zu treten. Aber der Restaurantbesitzer, der offenbar großes Vertrauen zu ihr hatte, hatte dafür gesorgt, dass sie ihm als Vizepräsidentin des Fremdenverkehrsvereins zur Seite stand, und sie hatte erst zu spät erfahren, dass dieser den harten Kern der Opposition in der Gemeinde bildete. Ohne es wirklich zu wollen, war sie dem Bürgermeister und seinen Beratern also schon wieder in die Quere gekommen.

Als sie an diesem Morgen nach Rodez telefonierte, hörte sie plötzlich laute Schreie. Sie legte auf, stürzte in die Werkstatt hinüber und sah sofort den schreienden Mann am Boden. Als sie das Blut sah, verstand sie: Er war mit einem Arm in eine Maschine gekommen. Das, wovor sie sich am meisten gefürchtet hatte, war passiert.

„Geh wieder“, schrie Anselme, „ich kümmere mich schon darum!“

Laurent kam zu ihr, nahm sie beim Arm und führte sie hinaus

auf den Hof, wo Marie gerade angelaufen kam. Auch sie hatte die Schreie gehört.

„Es ist nichts", sagte Laurent, blass wie der Tod.

Er vertraute Constance Marie an und ging wieder in die Werkstatt. Als sie die Sirene des Krankenwagens hörte, fiel Constance in Ohnmacht.

SIE HATTE sich schnell wieder in der Gewalt und fand die Kraft, den Tatsachen ins Gesicht zu sehen. Zuerst galt es, dem Bürgermeister entgegenzutreten, der keine Viertelstunde später eintraf und über die näheren Umstände des Unfalls informiert werden wollte. Weil sie sich so schuldig fühlte, hinderte sie ihn nicht daran, in die Werkstatt zu gehen, obwohl die Arbeiter ihn feindselig anstarrten.

„Diese Maschinen, Kleine", rief er und rang die Hände, „das kann doch nicht wahr sein!"

Da wurde ihr klar, dass sie ihn niemals hätte hineinlassen dürfen, zerrte ihn wieder heraus und verabschiedete ihn. Sie ging wieder in die Werkstatt, wo die Arbeiter trotz Anselmes Abwesenheit – er war mit dem Rettungswagen mitgefahren – wieder an die Arbeit gegangen waren. Der älteste unter ihnen, er hieß Paul, kam zu ihr und sagte: „Das kommt eben vor, wissen Sie? Leider ist das hier nicht das erste und wahrscheinlich auch nicht das letzte Mal."

„Für mich ist es einmal zu oft", antwortete sie.

Ihr war jetzt klar, was sie zu tun hatte: ins Krankenhaus nach Rodez fahren, wohin man den Verletzten gebracht hatte. Marie bat Laurent, Constance zu begleiten. Der junge Mann versuchte, sie zu beschwichtigen.

Im Wartesaal des Krankenhauses saß bereits die Frau des Arbeiters: eine kleine Dunkelhaarige, die ihr Taschentuch zerknüllte und der die Tränen in den Augen standen. Laurent kannte sie und stellte sie Constance vor, sie hieß Nathalie Sarnel. Anselme war nicht da, er kümmerte sich wahrscheinlich um den Papierkram.

Constance fragte mit unsicherer Stimme, ob es schon Neuigkeiten gebe.

„Ich weiß noch nichts“, sagte die Frau des Arbeiters.

Ihr Blick war voller Angst, aber er war auch vorwurfsvoll. „Wenn er nicht mehr arbeiten kann, was wird dann aus uns?“

„Machen Sie sich keine Sorgen“, erklärte Constance. „Ich werde da sein.“

Dann kam glücklicherweise Anselme zurück und erklärte: „Er wird operiert.“

Constance war nicht klar, ob sich hinter seiner brüsken Art nicht doch eine schreckliche Wahrheit verbarg, und plötzlich hatte sie das Gefühl, dass ihr das Ausmaß des Risikos, das die Leute eingingen, die für sie arbeiteten, überhaupt nicht bewusst gewesen war. Der Blick dieser jungen Frau bekümmerte sie zutiefst, und sie war kurz davor aufzugeben, auf der Stelle die ganze Produktion zu stoppen. Jetzt bemerkte Constance, dass die anderen Patienten im Wartesaal sie anstarrten. Ihre Blicke waren ihr unerträglich. Die Frau des Arbeiters weinte inzwischen und sagte immer wieder: „Er hat es immer wieder gesagt, dass diese Maschine gefährlich ist.“

„Alle Maschinen sind gefährlich“, antwortete ihr Anselme. „Sie fahren jetzt am besten nach Hause. Ich halte Sie auf dem Laufenden.“

Die Frau ließ sich überzeugen.

Anselme nahm Constance beiseite: „Nimm sie mit, und bleib bei ihr, bis ich anrufe. Vor heute Abend kann sie ihn sowieso nicht sehen. Sie soll sich lieber um ihre Kinder kümmern, das bringt sie auf andere Gedanken.“

„Ist es denn so schlimm?“, fragte Constance.

„Das wissen wir erst heute Abend.“

Sie fuhr mit der jungen Frau und Laurent los, der unruhiger als auf der Hinfahrt wirkte. Constance versuchte nach den Kindern zu fragen, aber die Frau antwortete kaum.

Als sie in Sauvagnac ankamen, fuhr sie zuerst nach La Retirade, was sich als gute Idee erwies: Marie hatte die beiden Kinder von der Schule abgeholt und ihnen gerade etwas zu essen gemacht. Es waren ein siebenjähriger Junge und ein vierjähriges Mädchen, die glücklicherweise nicht allzu erschüttert von den Ereignissen schienen. Marie hatte ihnen wahrscheinlich gut zugeredet. Sie sprach lange mit der jungen Frau, und es gelang ihr, sie zu beruhigen. Ganz offensichtlich passierte so etwas nicht zum ersten Mal – das brachte der Beruf nun einmal mit sich.

Um zwei Uhr fühlte sich Constance stark genug, wieder in die Werkstatt zu gehen, und war von neuem überrascht, mit welcher Ruhe dort unter der Leitung von Paul, dem zweiten Vorarbeiter, weitergearbeitet wurde.

„Sie machen mit“, sagte er zu Constance. „Sie sind Ihnen nicht gram: Sie wissen, dass sie nur dank Ihnen Arbeit haben.“

Diese Anerkennung beruhigte sie. Sie ging wieder ins Haus hinüber, wo sie für einen Moment allein war. Marie war mit der Arbeiterfrau gegangen, um die Kinder wieder in die Schule zu bringen. Sie fragte sich, wie sie die Maschinen möglichst schnell durch neuere ersetzen könnte. Anselme hatte immer noch nicht angerufen. Und die Frau des Arbeiters war genau deshalb zutiefst besorgt, als sie von der Schule wieder zurück war.

„Das ist doch nicht normal, dass das so lange dauert“, sagte sie.

„Doch, doch“, meinte Marie. „Machen Sie sich bitte keine unnötigen Sorgen.“

Constance konnte genauso wenig wie die junge Frau auf diesen Anruf warten. Sie beschloss, zurück zum Krankenhaus zu fahren und Nathalie Sarnel mitzunehmen, die jetzt wieder äußerst nervös war. Anselme hatte gerade mit dem Chirurgen gesprochen. Der hatte die Hand des Mannes zwar retten können, wollte aber nicht versprechen, dass sie wieder normal zu gebrauchen sein würde. Es würde ein paar Wochen dauern, bevor man das wusste. Constance nahm die junge Frau beim Arm und begleitete sie bis zum Krankenzimmer. Der Mann war noch ganz benommen, erkannte aber wenigstens seine Frau, als sie sich über ihn beugte.

„Sie sollten ihn jetzt ausruhen lassen“, sagte eine Krankenschwester, die hereinkam. „Kommen Sie später wieder.“

„Morgen komme ich wieder“, erklärte Nathalie.

Sie fuhren alle drei zurück nach Sauvagnac. Der Wind hatte die letzten Blätter von den Bäumen geweht. Während der Fahrt redete Anselme auf Nathalie ein und wandte all seine Überredungskünste auf, um sie zu beruhigen. Wieder in Sauvagnac, ging Marie mit der jungen Frau mit, um ihr Gesellschaft zu leisten. In der Küche fand sich Constance endlich allein mit Anselme wieder.

„Ich will es wissen“, sagte sie.

„Was willst du wissen?“, fragte er aufgebracht. „Du hast die Maschinen doch gesehen. Die Bohrmaschine, die ihren Geist aufgegeben hat, ist über dreißig Jahre alt. Der Bohrkopf hat verrückt gespielt, und Sarnel hatte noch nicht mal die Zeit, daran zu denken, dass er seine Hand zurückziehen müsste.“

„Also?“

„Also ersetz die Maschinen eine nach der anderen, und fang mit den Bohr- und Schleifmaschinen an.“

Sie nickte und fragte dann: „Und was ist mit ihm?“

„Wird man sehen. Auf alle Fälle behalten wir ihn.“

Sie unterhielten sich noch lange, bevor sie wieder in die Werkstatt ging. Dort blieb Constance an jenem Abend sehr lange. Über das Internet suchte sie die Preise der verschiedenen Maschinen zusammen, verglich sie und fragte sich, wie sie auch nur eine davon bezahlen sollte. Als sie zu vorgerückter Stunde endlich Antoine erreichte, erzählte sie ihm, was passiert war und dass sie heute nicht nach Massobre kommen würde.

„Ich komme morgen wieder.“

„Bis morgen. Versuch, trotzdem ein bisschen zu schlafen.“

Eine sehr schwere Woche war vergangen, deren Rhythmus von den Fahrten nach Rodez bestimmt worden war. Dem Arbeiter ging es zwar besser, aber man wusste nicht, ob er seine rechte Hand je wieder würde gebrauchen können. Constance kämpfte an allen Fronten gleichzeitig. Als Erstes hatte sie die beiden ältesten Maschinen stillgelegt und die Produktion verlangsamt. Am Telefon kämpfte sie darum, dass die Einzelhändler ihre Bestellungen nicht annullierten. Sie hatte darauf verzichten müssen, die drei jungen Leute aus dem Dorf einzustellen, darunter auch den Sohn ihrer Verwandten. Die waren auf La Retirade erschienen, um ihrer Geringschätzung und ihrem Glauben, dass sie keine sechs Monate mehr durchhalten würde, Ausdruck zu verleihen. Wenigstens was Vanessa betraf, gab es zurzeit keine Probleme, auch wenn sie für die Schule nach wie vor gar nichts tat. Sie erwartete ungeduldig die Weihnachtsferien und kam samstags mit dem Bus nach Hause, wo sie sich wortlos vor den Fernseher fallen ließ.

Als Constance eines Samstags eine Atempause hatte, schlug sie Antoine vor, ihn auf den Aubrac zu führen. „Du hast mir deine Welt gezeigt“, sagte sie, „jetzt bin ich an der Reihe, dir meine zu zeigen.“

Das Wetter war schön und trocken, gar nicht kalt an diesem frühen Dezembernachmittag, obwohl es nachts, vor allem in den Höhenlagen, schon fror. Sie schlugen den Feldweg nach Mailhebiau ein und gingen dort eine Zeit lang, freuten sich an der frischen Luft.

Als sie auf der letzten Anhöhe vor dem Gipfel angelangt waren, hielt Constance an ihrem Lieblingsplatz an, einem flachen Felsen im Windschatten. Sie legte sich auf den Rücken, zog Antoine zu sich herab, sah in den Himmel und fragte: „Und der Adler, wie geht es ihm?“

„Besser. Aber er wird Schwierigkeiten haben, wieder zu fliegen.“

Sie schwieg einen Augenblick, flüsterte dann: „Antoine, kannst du es hören?“

„Ja."

„Weißt du, was das ist?"

„Eine Quelle."

„Komm", sagte sie.

Und dann ging sie mit ihm die Moräne hinunter, deren Hänge von Raureif glitzerten. Sie rutschten ab, fielen hin, fanden sich eng verknäult am Boden wieder und bekamen kaum noch Luft vor Lachen. Unten schlängelte sich das Bächlein durch die wenigen, vom Winter arg zerzausten Grasbüschel.

„Ich bin mit meinem Vater einmal hier gewesen", sagte Constance ernst, „und wir haben hier gepicknickt, genau an dieser Stelle ... Ich denke, es war so im Juni, es war heiß, und das Wasser war so erfrischend, dass ich mir Arme und Gesicht damit gewaschen habe ... Es war wunderbar!"

Und plötzlich fielen ihr die Worte ihres Vaters wieder ein, die er damals, am Beginn aller Zeiten, gesprochen hatte.

„Weißt du, was er zu mir gesagt hat?", fragte sie. „Er hat gesagt, dass im Wasser der Quellen eine Verheißung liegt; dass es immer und immer weiterfließen wird, egal, was passiert."

„Das hat dein Vater gesagt?", fragte Antoine.

„Ja."

„Und heute weißt du, dass er Recht gehabt hat."

„Das habe ich immer gewusst, Antoine. Ich hatte es nur vergessen."

Aus weiter Ferne hörte man Glockengeläut, der Klang kam hell durch die kühle Luft herüber. Weit oben am Himmel zogen Vögel ihre Kreise, Bussarde, Milane oder Falken.

„Komm", sagte Antoine. „Komm!"

Er half ihr den Hang hinauf, indem er sie an einer Hand zog, und bald waren sie wieder auf dem großen Plateau, von dem aus man die finsteren Waldschluchten überblickte. Während sie gingen, redete er auf sie ein, über die Unterschiede zwischen dem Aubrac und dem Méjean, dass dies hier grüner war, weniger grau, trotz des Winters, weniger herb: bewohnbarer. Er merkte, dass sie ihm nicht zuhörte, und fragte: „Woran denkst du?“

Sie dachte, dass die Welt ohne ihn nicht mehr dieselbe wäre, konnte es ihm aber nicht sagen.

„Von da oben kann man den Aigoual sehen“, sagte sie nur.

Je höher sie kamen, desto stärker blies der Wind. Es war kein Nordwind, nur ein kleiner Ostwind, der noch nach Blättern und Tannennadeln roch. Als sie auf dem Gipfel waren, zeigte Constance wie ihr Vater früher auf die umliegenden Bergspitzen und vor allem auf den Dreispitz des Aigoual, südöstlich des Méjean, der die Wasserscheide zwischen Mittelmeer und Atlantik bildet.

Beim Hinuntergehen wünschten sie sich insgeheim, sich zu verlaufen. Sie kamen durch einen Tannenwald, wo sie eine Scheune fanden, bis an den Rand mit Heu gefüllt.

„Komm!“, forderte Antoine und zog sie hinein.

„Nein“, sagte sie, „es wird dunkel.“

„Umso besser.“

„Wir werden frieren.“

„Ganz bestimmt nicht“, erwiderte er lachend.

Der Boden bestand aus gestampfter Erde, und eine Holzleiter führte hinauf zum Heu. Dort legten sie sich hin, umarmten sich. So hatte Constance noch nie das trockene Gras auf der Haut gespürt. Sie war auch noch nie mit einem Mann ins Heu gegangen. Noch nie hatte sie, während sie, dem Himmel zugewandt, in unbekannte Welten abdriftete, so viele Sterne explodieren sehen.

## 14

Der Winter war jetzt hereingebrochen, und zwar so richtig. Es begann kurz vor Weihnachten zu schneien, ganz wie Constance es ersehnt hatte. Als sie morgens über den weißen Teppich im Hof in die Werkstatt hinübergegangen war, hatte sie das gedämpfte Knirschen unter ihren Schritten an den Schulweg erinnert. Sie ging ins Haus, um sich aufzuwärmen, und überraschte dort Marie, die in der Küche arbeitete.

„Anselme sucht dich“, sagte sie.

Constance nahm sich die Zeit, genüsslich eine Tasse Kaffee zu trinken, und raffte sich dann auf, in die Werkstatt hinüberzugehen, wo Anselme sie tatsächlich erwartete.

„Du hast es also gewagt, das zu tun!“, stieß er hart hervor.

Ihr war sofort klar, was er meinte: Die Klingen, die sie wegen der mangelnden eigenen Kapazitäten in Rodez hatte schmieden lassen, waren eingetroffen.

„Es ist nur vorübergehend, Anselme, das weißt du doch. Nur so lange, bis ich die alten Maschinen ersetzen kann.“

Sie wollte sich verteidigen, alles erklären, aber er fing an zu brüllen: „Weißt du, zu was du uns damit gemacht hast? Zu Messerzusammensetzern, zu Hilfsarbeitern, genau wie die in Spanien oder Fernost, die auch behaupten, zur Zunft zu gehören!“

„Es ist ja nur vorübergehend, Anselme“, antwortete Constance ganz schockiert. „Unsere Glaubwürdigkeit bei den Einzelhändlern steht auf dem Spiel.“

„Unsere Glaubwürdigkeit beruht auf der Qualität“, knurrte er.

„Ja, ich weiß“, seufzte sie.

„Also richte dich danach, oder wir werden untergehen.“

Er ging und knallte die Tür hinter sich zu. Sie blieb allein zurück und fragte sich, ob sie nicht den Fehler ihres Lebens gemacht hatte. Um einen Ausweg zu finden, rief sie in Lothringen an, wo man ihr dieselbe Antwort wie vor ein paar Tagen gab: Keine der beiden Maschinen konnte vor Februar geliefert werden. Entnervt beschloss Constance, nach Rodez zu fahren, um Vanessa abzuholen. Sie hoffte, sie überreden zu können, Weihnachten mit ihr hier zu verbringen und ihren Vater erst zu Neujahr zu besuchen.

Auf der verschneiten Fahrt legte sie sich die Worte zurecht, mit denen sie Vanessa überzeugen wollte, ein paar Tage auf La Retirade zu verbringen. Der Schnee auf den Hügeln links und rechts der

Straße formte riesige weiße Kuppen, aus denen nur die Bäume auf den Gipfeln herausragten. Alles schien friedlich vor Erwartung. Constance vergaß Anselme und beruhigte sich wieder. Sie hoffte, Weihnachten endlich innehalten und ein paar friedvolle Stunden vor dem Kamin möglichst mit ihrer Tochter genießen zu können.

„Soll das ein Witz sein?“, fragte diese, kaum dass Constance ihr, wenn auch nur ganz vorsichtig, vorgeschlagen hatte, noch ein paar Tage zu bleiben.

„Nein, ich mache keine Witze. Ich habe einfach Lust, Weihnachten mit dir zusammen in meinem Zuhause zu feiern.“

„Ja, genau, in *deinem* Zuhause. Aber es ist nicht mein Zuhause.“

Constance war zu müde zum Kämpfen und insistierte nicht.

Am nächsten Morgen fuhr sie ihre Tochter ganz früh zum Bahnhof und stellte entsetzt fest, dass sie sich über ihre Abreise freute. Nachmittags brachte sie den Kindern des verletzten Arbeiters ein wenig Spielzeug vorbei. Yves Sarnel war zu Hause, seine Hand immer noch bandagiert, aber er war guten Mutes. Auch seine Frau lächelte sie an.

Als sie wieder im Haus war, klang vom Kirchturm das Weihnachtsläuten herüber, so wie schon seit dem Santa-Lucia-Tag, dem dreizehnten Dezember, täglich. Und wie immer, wenn sie die Glocken hörte, wiederholte Constance stillvergnügt den alten Spruch, den sie von Marie gelernt hatte: „Ist erst der Tag der heiligen Lucia, ist das Christkind schon beinah bei dir.“ Wie oft hatte sie dieses Läuten in den letzten zwölf Tagen vor Weihnachten wohl schon gehört? Marie behauptete, man könnte anhand dieser Tage das Wetter im kommenden Jahr vorhersagen. Man musste nur das Wetter eines Tages beobachten, dann wüsste man, wie das Wetter im entsprechenden Monat des nächsten Jahres wurde: Der dreizehnte stand für den Januar, der vierzehnte für den Februar und so weiter bis zum vierundzwanzigsten, der das Wetter im nächsten Dezember verriet. Die Methode sei unfehlbar, erklärte Marie, die energisch an all den alten Bräuchen festhielt. So hatte sie auch Anselme so lange bearbeitet, bis er ihr einen Eichenstumpf nach Hause gebracht hatte, der das Feuer in Gang hielt, bis sie nach der Mitternachtsmesse zurückkam.

Constance tat es Leid, nicht auch zu dieser Messe gehen zu können, in die sie früher ihre Mutter begleitet hatte, aber die Aussicht, den Abend mit Antoine zu verbringen, tröstete sie rasch darüber hinweg.

DIE STRASSE war tatsächlich ganz weiß. Constance fuhr langsam unter den vom Gewicht des Schnees tief gebeugten Bäumen entlang, von denen manche sich wie von Geisterhand plötzlich von ihrer Last befreiten und aufrichteten. An jenem Tag schien es ihr, als dringe sie in eine wunderbar weiche Wattewelt ein, in die sie für immer fliehen könnte. Ein Spaziergang mit ihrem Vater am Flussufer entlang fiel ihr wieder ein, an einem Weihnachtsnachmittag, seine warme Hand, in die sie ihre Kinderhand geschoben hatte. Da kam ihr das Alleinsein plötzlich unerträglich vor, und sie fuhr schneller, trotz der Glätte.

Schon bald funkelten die Lichter Massobres vor ihr am Berghang, und sie atmete auf. Die Nacht schien sich zu öffnen, als sie Antoines Haus vor sich hatte. José-Luis machte ihr die Tür auf, und sie gab ihm zum ersten Mal einen Kuss auf die Wange zur Begrüßung.

„Wie gut du riechst“, bemerkte er.

Sie folgte ihm ins Esszimmer, wo der Tisch schon gedeckt war. Sie hatte Gänseleberpastete und Champagner mitgebracht. Antoine hatte Austern und den Weihnachtskuchen besorgt. Es war rührend zu sehen, was für eine Mühe er sich gegeben hatte, das Haus zu schmücken, mit ein paar Girlanden, einigen Stechpalmenzweigen und einer kleinen Tanne, in der mehrere bunte Kugeln glitzerten.

Da er die Austern schon geöffnet hatte, setzten sie sich und tranken vorweg ein Glas Champagner, der die Augen von José-Luis zum Funkeln brachte. Constance konnte das Bedürfnis nicht unterdrücken, über Anselmes Reaktion wegen der Klingen zu reden.

„Du hast das Richtige getan unter der Bedingung, dass es nur provisorisch ist“, meinte Antoine.

„Sobald die Maschinen da sind, fangen wir wieder an zu schmieden.“

„Dann brauchst du dir keine Sorgen zu machen.“

„Ich hätte nie gedacht, dass es so schwer werden würde.“ Und träumerisch fügte sie hinzu: „Aber ich bereue nichts, außer dass ich kaum Zeit habe, richtig zu leben.“

„Das hoffe ich doch sehr, sonst würde ich mich schuldig fühlen.“

„Stimmt überhaupt, es ist ja alles deine Schuld“, meinte Constance. „Wer ist denn in meinem eigenen Hof auf mich losgegangen?“

„Ich kann mich nicht mehr erinnern.“

Sie lachten und wechselten das Thema. Antoine erzählte von den Raubvögeln, die man im Winter immer wieder auf den Hochspannungsleitungen an der Straße sitzen sah – nur dort fanden sie manchmal etwas Nahrung –, vom Zwergadler, der sich immer noch nicht richtig erholte, von der Zeitung, wo sich die Situation für ihn etwas entspannt hatte, vom verschneiten Méjean.

„Das muss fantastisch sein“, sagte Constance.

„Wenn es nicht zu schnell taut, dann fahren wir hin, das verspreche ich dir …“

José-Luis aß wenig und war müde. Er ließ die beiden schon bald allein, um schlafen zu gehen. Constance gab ihm wieder einen Kuss, und er schlurfte mit gebeugtem Rücken und kleinen Schritten in sein Zimmer. Als er die Tür hinter sich zugemacht hatte, seufzte Antoine: „Er ist völlig verbraucht. Ich glaube, das nächste Weihnachten erlebt er nicht mehr.“

Und mit einem traurigen Lächeln goss er Constance Champagner nach. Sie sah ihn lange an, fand, dass er gut aussah in seinem schwarzen Hemd, durch das der Glanz seiner Augen, die vom Champagner noch zusätzlich funkelten, gut zur Geltung kam, und fragte: „Wer sind Sie, mein Herr?“

Er blinzelte, wurde verlegen und antwortete: „Ich weiß es nicht. Und Sie, wissen Sie, wer Sie sind?“

„Ja. Eine Frau, die einen großen, verletzten Vogel gefunden hat…“

Sie aßen von dem Weihnachtskuchen und tranken weiter Champagner dazu.

„Und dieses Buch?“, fragte Constance.

Er seufzte und gab zu: „Ich kriege es nicht hin. Es gibt sicher Orte, an denen man es gut schreiben könnte, aber Massobre ist kein solcher Ort. Vielleicht der Méjean, aber der gehört schon den Vögeln.“

„Also?“

„Manchmal denke ich, dass ich wie ein Exilant bin, der zu dem Ort hinüberschaut, von dem er kommt, als gäbe es irgendwo noch einen heimischen Herd, der das Feuer der Erinnerung schüren könnte. Der richtige Ort eben.“

„So ähnlich wie La Retirade?“

„Vielleicht.“

Constance erstarrte innerlich. Er erriet es wohl, denn er sagte leise: „Aber es gibt dich, und das ist schon viel, denn du hast es geschafft, die Flammen wieder zu entfachen.“

„Und dieses Feuer“, fragte sie, „das wird nicht verlöschen?“

„Wenn du in die Glut bläst, niemals.“

„Na, dann sieh mal her.“

Sie stand auf, ging zum Kamin, nahm den Blasebalg, betätigte ihn, und die Flammen loderten wieder auf.

„Ich werde mir einen kaufen“, sagte sie.

„Was?“

„Einen Blasebalg.“

„Aber das brauchst du doch nicht. Die Luft, die du ausatmest, reicht mir vollkommen.“

Überwältigt sah sie ihn an. Während sie Holz nachlegte, ging er in die Küche, dann kam er zurück und sagte: „Komm schauen.“

Sie folgte ihm und sah, dass er den Rollladen vor der Fensternische, die auf die Terrasse hinausging, hochgezogen hatte.

„Sieh dir den Schnee an“, sagte er und trug zwei Stühle zu dem Erker.

Sie setzten sich nebeneinander, und Constance ergriff seine Hand. Schneeflocken tanzten durch die trotz der Wolken erstaunlich klare Nacht. Weit entfernt, hinter diesem Vorhang aus weißen Daunen, schien ein Licht über dem Tal ihnen zuzuzwinkern, als wollte es ihnen etwas bedeuten.

„Was ist das?“, fragte Constance.

„Ich weiß es nicht. Man könnte denken, dass es dem Flusslauf folgt: Als spiegelte sich ein Licht im Wasser.“

Constance schwieg. Sie überlegte, dass es Jahre her war, seit sie sich zuletzt die Zeit genommen hatte, den Schnee fallen zu sehen, Jahre, in denen sie den Zauber von Schneeflocken in einer Weihnachtsnacht vergessen hatte. Es war nichts Wichtiges, und plötzlich war alles, was zählte, dieser Schnee, der auf die Welt fiel, wie um sie weicher zu machen, wie um ihre Bewohner vor allem Schmerz zu bewahren. Als wäre er eine Art letzter Trost: das Weiße gegen die düsteren Schatten, die Zartheit gegen die Gewalt des kommenden Schmerzes.

Beinahe zwei Stunden lang blieben Antoine und Constance in jener Nacht vor dem Erkerfenster sitzen, sprachen oder schwiegen, um den Frieden der Nacht besser genießen zu können, schließlich legten sie sich auf dem Teppich vor dem Kamin schlafen, inmitten lauter Kissen, die von der letzten Glut noch lange beleuchtet wurden, bevor sie erlosch.

AM NÄCHSTEN Morgen wachte Constance erst um zehn Uhr auf. Als sie die Augen öffnete, entdeckte sie Antoine, der auf dem Sofa saß und sie betrachtete.

„Du bist da?“, fragte sie.

„Natürlich bin ich da.“

Sie ging ins Bad und frühstückte dann rasch mit Antoine, der schon in Eile war: eine dringende Reportage in Sévérac.

„Diese Nacht werde ich nie vergessen“, sagte sie, als sie sich verabschiedeten.

„Du kannst sie ruhig vergessen“, erwiderte er, „es wird nicht die letzte gewesen sein!“

Als Constance zu Hause ankam, herrschte dort emsiges Treiben. Marie hatte sich offenbar vorgenommen, die alten Traditionen wieder zu beleben und ein Festmahl zu bereiten. Schon seit Anfang des Monats hatte sie Gänse und Enten geopfert und Pasteten hergestellt. Mit Sorgfalt hatte sie ein Festmenü zusammengestellt, das vor allem dazu gedacht war, Constance eine Freude zu machen, indem es ihr die Weihnachtsessen von früher in Erinnerung rief, wenn die ganze Familie im Esszimmer versammelt gewesen war. Marie hatte wirklich an nichts gespart: Entenleberpastete, Gänseklein mit Reis, gefülltes Huhn und das berühmte „Allerlei“, ihre Spezialität, Schafsbauch, Schinken und Speck, die mit Knoblauch und Petersilie in einen feinen Darm genäht wurden und dann stundenlang köcheln mussten.

„Wie sollen wir denn das alles schaffen?“, fragte Anselme.

„Ich dachte, Laurent würde mitessen“, antwortete Marie. „Und außerdem ist Weihnachten.“

Als sie dachten, das Mahl sei beendet, mussten Constance und Anselme noch die Dörrpflaumen in Sahne und die Vanilleplätzchen kosten. Letztere hatte Marie mit äußerster Strenge gehütet und für diesen Tag aufbewahrt. Danach ging Anselme zu seinem kleinen Haus hinüber, und während sich Marie an den Abwasch machte, streckte sich Constance auf dem Sofa vor dem Kamin aus.

Auch hier hatte Marie wahre Wunder vollbracht: Das ganze Esszimmer war mit Stechpalmenzweigen geschmückt, hing voller glitzernder Girlanden, und ein kunstvoll geschmücktes Tannenbäumchen erstrahlte rechts neben dem Kamin.

Constance wurde von einem wunderbaren Wohlbefinden überwältigt und nickte für einen Moment ein. Marie näherte sich ihr und sagte: „Rate mal, was da drin ist."

„Ich weiß es nicht."

Marie tauchte mit der Hand in die Papiertüte und holte eine Art runde braune Frucht hervor. „Mispeln."

„Mispeln!", rief Constance aus. „Ich dachte, die gibt es gar nicht mehr."

„Ein paar findet man immer noch."

Als der Saft der ersten Mispel sich in ihrem Mund ausbreitete, war es, als ob eine vergessene Melodie gespielt würde, ganz weit entfernt. Als sie Maries erstauntes Gesicht sah, wurde Constance klar, dass sie weinte.

„Aber meine Kleine, wenn ich das gewusst hätte…"

Die Rührung ließ sie Worte sagen, von denen sie nicht gewusst hatte, dass sie ihr auf der Zunge lagen: „Wenn ich ihn nur wieder finden könnte."

„Von wem sprichst du?"

„Von dem Kind, das ich verlassen habe. Es müsste heute eigentlich hier sein. Hier, bei mir. Die Lichter am Baum brennen sehen."

Marie schwieg kurze Zeit, dann sagte sie leise: „Du könntest ja vielleicht versuchen, ihn wieder zu finden."

„Du weißt doch genau, dass das unmöglich ist."

„Nichts ist unmöglich", meinte Marie, „man muss es nur wirklich wollen. Das weißt du selbst doch am besten." Und nach einem kurzen Zögern fügte sie hinzu: „Kannst du dir jetzt vorstellen, was deine eigene Mutter in all den Jahren ohne dich durchgemacht hat?"

„Ich bitte dich", erwiderte Constance, „komm mir nicht damit. Nicht heute."

„Schluss jetzt“, sagte Marie, der es Leid tat, das Thema angesprochen zu haben. „Ich werde uns einen Kaffee kochen, der wird dich auf andere Gedanken bringen.“

Constance schloss die Augen wieder, versuchte, noch einmal einzudösen, an nichts mehr zu denken. Als sie fast weggenickt war, kam Marie wieder ins Esszimmer und erklärte: „Hier. Der wird dich munter machen.“

Constance setzte sich ein wenig bedauernd auf und trank genüsslich ihren Kaffee.

Marie setzte sich lächelnd aufs Sofa. Sie schwatzten ein Weilchen, und Constance bekam Lust auf einen Schneespaziergang.

„Kommst du mit?“, fragte sie.

„Bist du verrückt geworden? Bei der Kälte?“

„Dann eben nicht. Selbst schuld.“

Sie zog sich Mantel und Stiefel an und ging hinaus. Im Hof begegnete sie Laurent, der auf seinem Moped angefahren kam, und hörte noch, wie Marie ihr hinterherrief: „Vergiss nicht, dass du heute Abend zu uns zum Essen eingeladen bist.“

„Natürlich nicht.“

Constance lächelte und ging auf die Hochebene zu und vom Dorf weg. Je höher sie stieg, desto heftiger blies der Wind ihr entgegen, aber dieser eisige Wind tat ihr gut, er schärfte die Geräusche und Klänge. So bald wie möglich bog sie von der Straße in einen Feldweg ein, der hoch auf den Hügel führte.

Als sie oben angelangt war, blieb sie stehen und drehte sich um: Dort unten lag weiß verschneit das Dorf, dicht um den Kirchturm gedrängt, verkroch sich reglos und für alle Ewigkeit, so schien es ihr, in der Stille. Sie sah lange darauf hinunter und war sich nun sicher, dass ihr hier, in ihrer Heimat, nichts wirklich Schlimmes geschehen konnte. Sie ging weiter, noch ein Stück oben auf dem Hügel entlang, und stieg dann, als sie ruhiger geworden war, langsam wieder hinunter, strebte dem warmen heimischen Herd zu, wo der Schornstein in der hereinbrechenden Dämmerung rauchte.

# 15

Nur gut einen Monat später war dieser Weihnachtstag vergessen, genau wie der Abend bei Antoine in jenem weißen Paradies. Nur allzu schnell traf ein, was Anselme vorhergesagt hatte – der erste Anruf in der Manufaktur kam, und zwar genau am 10. Januar: Ein Einzelhändler aus Libourne war unzufrieden mit der Qualität der Klingen und schickte die Messer zurück.

„Was sollen wir bloß machen?“, hatte Constance Anselme gefragt.

Der hatte nicht das Herz gehabt, ihr noch zusätzliche Vorwürfe zu machen. „Stopp die ganze Produktion. Und hör in Zukunft auf mich!“

Also hatte sie die Produktion gestoppt, aber es war zu spät. Der Schaden war schon da. Von dem Zeitpunkt an hatte sie den Wanderstab wieder in die Hand genommen und war von neuem durch die Gegend gefahren, trotz des Winters, der einsamen Stunden, der oft vergeblichen Plädoyers bei den Händlern, der Entfernung, die sie von zu Hause und von Antoine trennte. Von diesen Reisen kehrte sie erschöpft, aber vor allem demoralisiert zurück und bombardierte die Maschinenfabrik in Lothringen, auf deren Geräte sie immer noch vergeblich wartete, mit Fax.

Als man ihr Anfang Februar eine neue Verzögerung der Lieferung ankündigte, mietete sie einen Lkw und fuhr, mit Anselme am Steuer, nach Metz.

Drei Tage danach waren sie zurück, und sie bauten die Maschinen für die Klingenfabrikation auf. In derselben Zeit wurden die Instandsetzungsarbeiten abgeschlossen, und die Produktion konnte unter verbesserten Bedingungen wieder aufgenommen werden.

Aber Constance musste trotz allem feststellen, dass der entstandene Schaden noch größer war als vermutet, nämlich als die Bestellungen ausblieben und der Buchhalter ihr bedeutete, dass sie, wenn diese Situation noch lange andauerte, ein Problem mit den fälligen Wechseln bekommen würde.

„Das schaffen wir schon“, sagte sie. „Ich gehe auf Werbetour.“

Also fuhr sie wieder los, mit den neuen Klingen im Gepäck, aber sie musste feststellen, dass das Verhältnis zu den Einzelhändlern sich verändert hatte. Vor allem bekam sie zu spüren, dass die Konkurrenz erwacht war und sie ihre Preise nach unten korrigieren musste. Das war unmöglich. Die einzige Lösung war, im ganzen Land Kundenwerbung zu betreiben, um ihre Absatzmöglichkeiten zu erweitern. Sie beschloss, drei Tage in der Woche auf Akquisitionstour zu gehen, bis die Lage sich verbessert hatte.

Weit weg von Sauvagnac und Antoine hielt sie durch, indem sie vom kommenden Sonnabend träumte, von diesen wenigen Stunden, die sie sich von der Arbeit wegstahl, aber trotzdem empfand sie noch immer keine Spur von Reue oder Bedauern: Sie kämpfte nicht nur für die Manufaktur, sondern für ihr Haus, für Anselme, Marie und all jene, die mit ihr zusammenarbeiteten, für ihr neues Leben. Sie kämpfte dafür, nicht nach Paris zurückkehren zu müssen, sondern bei Antoine bleiben zu können, um noch mehr solche Weihnachtsfeste zu erleben wie das, das sie gerade verbracht hatte; dafür, das nicht wieder zu verlieren, was sie sich nach all den Jahren zurückerobert hatte.

Mitte Februar, als sie an einem Freitagabend nach Hause kam, fand sie dort zu ihrer grenzenlosen Verwunderung Pierre vor. Er fragte sie, ob er das Wochenende über bleiben könne, und sie musste ihre Verabredung mit Antoine für den Sonnabend absagen, von der sie schon die ganze Woche geträumt hatte.

Nach dem Abendessen, das sie gemeinsam mit Anselme und Marie eingenommen hatten, ließ sich Pierre herbei zu erklären, was ihn ins Aveyron geführt hatte: Der Ärmste war deprimiert. Die Situation für Architekten war allgemein schlecht, Charlotte hatte sich von ihm getrennt, und er hatte die Idee, aus Paris wegzugehen, um eine Immobilienfirma auf Ibiza zu gründen.

„Auf Ibiza?“, fragte Constance und konnte ihre Skepsis nicht ganz verbergen. „Und was ist mit Vanessa?“

„Und was ist mit mir? Wer denkt an mich?“

Constance war zu erschöpft, um sich auf eine Diskussion einzulassen. Aber sie musste feststellen, dass es damit noch nicht genug war, als Pierre hinzufügte: „Ich dachte, dass du mir vielleicht helfen könntest.“

„Oh, da hast du dich aber getäuscht!“

Mit seinem gequältesten Hundeblick murmelte er: „Du hast mich nie wirklich geliebt.“

„Jetzt hör mir mal zu, Pierre!“, fauchte sie wütend. „Ich bin todmüde, ich habe kein Geld, und meinetwegen habe ich dich auch nie geliebt. Jedenfalls habe ich im Moment nur einen einzigen Wunsch, nämlich zu schlafen. Wenn du willst, zeige ich dir gern dein Zimmer.“

Aber er wollte lieber noch fernsehen und warf ihr vor, ihn im Stich zu lassen. Mitten in der Nacht, sie schlief fest, wurde sie plötzlich wach. Da war jemand im Raum. Pierre, der auf der Bettkante saß, schob soeben eine Hand unter die Bettdecke. Sie bekam einen Wutanfall, scheuchte ihn in sein Zimmer zurück und schloss ihre Tür ab.

Am nächsten Tag kam Vanessa aus Rodez und zeigte sich außer sich vor Freude, als sie ihren Vater erblickte. Constance hatte vergeblich die leise Hoffnung gehegt, doch noch kurz zu Antoine fahren zu können. Es kam nicht infrage wegzugehen, außer ins Restaurant…, und das wiederum zu Maries großem Kummer. Dort erfuhr Constance, dass ihre Tochter in den Ferien in Paris tun und lassen konnte, was sie wollte, und Tag und Nacht ausging. Angesichts des heimlichen Einverständnisses zwischen Pierre und Vanessa kam sie sich ziemlich einsam vor. Glücklicherweise erwähnte Pierre vor seiner Tochter Ibiza nicht. Als er ihr vorschlug, nach Millau zum Einkaufen zu fahren, war Constance zu erschöpft, um sie zu begleiten.

„Ich bin schon die ganze Woche über unterwegs", entschuldigte sie sich.

Während ihrer Abwesenheit telefonierte sie mit Antoine, der besorgt wirkte. Man hatte ihm einen Schlangenadler gebracht – einen Vogel, der sich seinem Namen entsprechend vor allem von Schlangen ernährte. Er hatte eine schwere Schussverletzung, und Antoine würde ihn sicher nicht heilen können. Sie sagte ihm, wie Leid ihr das täte und wie Leid es ihr vor allem täte, nicht zu ihm kommen zu können, und das, wo sie sich die ganze Woche nur auf diesen Moment gefreut hätte.

„Aber ich bin doch immer bei dir, das weißt du doch", sagte er.

„Ja, Antoine, ich weiß."

Aber trotzdem, da war eine Distanziertheit in seiner Stimme, so als ob ihn etwas beschäftigte. Sie legte auf und fühlte sich noch elender als vor dem Anruf. Sie wartete wütend auf die Rückkehr von Pierre und Vanessa, die gegen sechs Uhr endlich erschienen.

Pierre fuhr erst am Montag wieder ab und bot an, Vanessa nach Rodez zu bringen. Aber zuvor hatte er sein Anliegen noch einmal aufgegriffen und Constance vorgeschlagen, sich an seinem Geschäft zu beteiligen: Es handelte sich um ein Hotelprojekt für besonders hippe Touristen. Natürlich lehnte sie ab und war äußerst erleichtert, als der rote Sportwagen durch die Einfahrt verschwand.

Es stimmte, etwas beschäftigte Antoine, aber nicht, was Constance dachte. Als sie ihn angerufen hatte, war er gerade aus Rodez gekommen, wo er mit dem Spezialisten gesprochen hatte, der in der vorigen Woche José-Luis untersucht hatte. Er hatte das Ergebnis der Untersuchungen erfahren, die sich als unvermeidlich erwiesen hatten: Der alte Spanier hatte höchstens noch ein Jahr zu leben.

„Sie müssen entscheiden, ob er es erfahren soll oder nicht", hatte der Arzt geseufzt. „Ich denke, es ist vielleicht nicht unbedingt nötig."

Antoine hatte nicht die Kraft, noch weitere Fragen zu stellen. Er war wieder abgefahren und fragte sich, ob er mit seinem Vater darüber sprechen sollte, ihm das Rauchen zu verbieten, und er wusste keine Antwort. Als er in Massobre ankam, war José-Luis in der Werkstatt. Genau in der Sekunde hatte Constance angerufen. Und da er nicht wusste, was er sagen sollte, hatte Antoine von dem Schlangenadler gesprochen, aber er war sich sicher, dass seine Stimme ihn verraten hatte.

Dann war er in die Werkstatt gegangen. Sein Vater beugte sich über die Hobelbank: Er feilte an einem Schloss, wahrscheinlich für die Voliere.

„Na?“, hatte José-Luis gefragt. „Was hat er gesagt, der Mann?“

„Nichts“, hatte Antoine geantwortet. Und dann hinzugefügt: „Bronchitis. Immer dasselbe.“

Der Blick von José-Luis war hart geworden. Leise hatte er gesagt: „Die anderen, meinetwegen. Aber du nicht, Kleiner. Wie viel?“

„Wie viel was?“

„Wie viel Zeit noch?“

Antoine hatte sich gezwungen, den Blick nicht abzuwenden, und gemurmelt: „Ein Jahr.“

José-Luis hatte den Kopf gesenkt und dann gesagt: „Es ist gut so.“

An diesem Abend stand Antoine vom Schreibtisch auf, an dem er zu arbeiten versucht hatte, und ging in die Werkstatt, wohin er den Schlangenadler in einem kleinen Käfig gestellt hatte. Er hatte eine Art erster Hilfe geleistet, hatte den Flügel geschient und so viele Schrotkörner wie möglich entfernt. Auch der war verloren, davon war Antoine überzeugt. Selbst wenn der Flügel heilen sollte, würde er an einer Bleivergiftung sterben, denn es war unmöglich, alle Schrotkügelchen herauszuholen. Das konnte Antoine nicht und auch sonst niemand.

Der kleine Adler hatte einen dicken Kopf wie ein Bussard, mit gelben Augen. Er lehnte sich, leicht vorgebeugt, als könne er sonst das Gleichgewicht nicht halten, an die rechte Käfigwand. Antoine glaubte nicht, dass er die Nacht überleben würde. Er öffnete den Käfig, und ohne sich auch nur einen Handschuh überzuziehen, holte er den Raubvogel heraus, der sich auch nicht dagegen wehrte.

„Das wird es dir leichter machen“, sagte er zu ihm.

Er gab ihm eine Spritze und setzte ihn dann wieder in den Käfig. Der Vogel schloss die Augen. Antoine wartete noch ein wenig, schließlich ging er schlafen. In jener Nacht stand er mehrfach auf, um in die Werkstatt zu gehen und um auf dem Rückweg kurz vor der Tür seines Vaters stehen zu bleiben.

Als er am Morgen aufstand, war er sicher, dass der Raubvogel tot war. Aber nein: Mit weit geöffneten Augen hielt er sich eisern auf seinen Klauen. Antoine schnitt etwas Fleisch klein und gab es ihm. Auch wenn das nicht ganz das Richtige für diesen Schlangenfresser war, so nahm der die dünnen Fleischstreifen, die Antoine ihm hinhielt, doch an und verschlang sie gierig.

Kaum war er fertig, da hörte Antoine auch schon seinen Vater in der Küche und ging hinüber. Der alte Mann lächelte. Antoine setzte sich zu ihm, um seinen Kaffee zu trinken. Und zum ersten Mal seit Ewigkeiten fing José-Luis an, von Spanien zu sprechen.

ENDLICH waren sie wieder beieinander für einen ihrer langen Spaziergänge an einem Sonnabendnachmittag Ende Februar. Das Wetter war wärmer geworden. Constance war zwar von ihren ewigen Rundfahrten müde, hatte aber trotzdem ohne Zögern zugestimmt, die Seite des Méjean entlangzulaufen, die sie noch nicht kannte und deren eigentümliche Schönheit Antoine rühmte.

„Du wirst sehen“, sagte er. „Es gibt dort zwei kleine, verlassene Dörfer: Bégude Blanche und Fretma. Alle sind fortgezogen, aber die Häuser stehen noch, sind noch bewohnbar.“

Dort oben auf dem Plateau lagen trotz der Sonne noch

Schneereste an den nach Norden weisenden schattigen Stellen, unten in den Senken und an der Rückseite der Böschungen. Der Méjean wirkte wie eine riesige Handfläche, die sich nackt dem Wind öffnete und auf der nur die grauen Felsschwielen dem Winter widerstanden hatten. Antoine war in einen kleinen Weg eingebogen, der zu einem stillgelegten Steinbruch führte.

Dort hatten sie den Wagen stehen lassen und waren in eine ausgedehnte Mondlandschaft hineinmarschiert, an deren Spitze ein etwas weniger karstiges Gelände lag. Antoine deutete mit der Hand nach rechts und sagte: „Sieh mal!"

In eine Mulde gedrückt, nahe einer Wasserstelle, gesäumt von Mehlbeerbäumen und Haselnusssträuchern, schienen dort ein paar schindelgedeckte Häuserruinen seit einer Ewigkeit zu schlafen. Gewölbegänge verbanden sie untereinander, und das Ganze wirkte, halb verfallen, wie es war, wie eine einsame Insel in dem Ozean der Berge, dessen graue Wellen sich fortsetzten, so weit das Auge reichte.

Antoine nahm Constance bei der Hand und führte sie zum Hauptgebäude, half ihr, die von der Zeit glatt polierten Stufen zu erklimmen, stieß die Tür auf und drang in einen düsteren Raum ein, an dessen Ende sich eine niedrige Feuerstelle befand.

„Heute ist es ein Unterschlupf für Tourenwanderer", sagte Antoine. „Früher sind die Hausierer der Méjean-Hochebene bis hierhin gekommen. Männer und Frauen haben hier jahrhundertelang gelebt."

Nun, da Constances Augen sich mehr und mehr an das Dämmerlicht gewöhnten, erschienen an den Wänden Inschriften, die die Reisenden dort hinterlassen hatten. Überall sah man Initialen und Daten. Es war seltsam, sich an einem scheinbar verlassenen Ort zu befinden, der doch von lauter unsichtbaren Anwesenden bevölkert war.

„Lass uns auch etwas schreiben", meinte Antoine.

Er begann, seine Initialen in den Putz zu ritzen, und Constance tat es ihm nach. Dann umrandete Antoine ihre Buchstaben mit einem Kreis und hob sie von den anderen Inschriften ab. Er nahm sie in die Arme und sagte: „Hier müsste man leben. Hier gibt es Wasser, einen Herd, Mauern und ein Dach. Könntest du hier mit mir leben?“

Sie war unsicher, wusste nicht, ob er es ernst meinte oder sie auf die Probe stellen wollte. „Ja, das könnte ich. Aber so nicht, noch nicht.“

Er lächelte, drückte sie noch einmal an sich und zog sie mit nach draußen. Er führte sie zum Brunnen, und sie setzten sich.

„Hier ist man wunderbar geschützt vor dem Wind“, bemerkte Antoine. „Nach Fretma gehen wir an einem anderen Tag.“

„Ja“, sagte sie, aber sie musste immerzu an die Antwort denken, die sie Antoine gerade gegeben hatte, und sie bereute es, dass sie nicht stark genug gewesen war, um ohne Einschränkungen Ja zu sagen.

Antoine wirkte glücklich, er lächelte. Er hob den Kopf und deutete mit der Hand auf einen großen Schwarm, der den blauen Himmel durchfurchte: „Die Wildgänse ziehen schon nach Norden“, sagte er. „Der Winter ist zu Ende.“

Sie hob ihrerseits den Kopf, sah die Vögel am Horizont verschwinden und verspürte so etwas wie Bedauern.

Es war nicht kalt. Man hörte, wie die Erde wieder zu leben begann, wie es in ihr knisterte und sie sich von den unschönen Überresten der kalten Jahreszeit befreite. Constance streckte sich lang aus, zog Antoine an sich und machte die Augen weit auf: Sie blickte in einen warmen tiefblauen Himmel, in dem schon alle Versprechen des nahenden Frühlings standen. Sie drückte Antoine sehr fest und sagte leise: „Wenn ich dich verlieren sollte …“

Weiter kam sie nicht, denn er verschloss ihr den Mund mit einem Kuss. Sie ließ sich davontragen, so wie die Vögel vom Wind, war einfach nur glücklich, ihn auf sich zu spüren.

# 16

Seit einer Woche regnete es ununterbrochen. Es war, als befände der Winter sich in totaler Auflösung und schüttete mit ungewöhnlicher Macht aus allen Schleusen riesige Mengen Wasser auf die Hochebenen und die Täler, die sämtliche Bäche und Flüsse bedrohlich anschwellen ließen. Ganz Sauvagnac war in hellem Aufruhr, denn die Serre war bis an die Promenade an der Hauptstraße über die Ufer getreten, hatte die niedriger liegenden Häuser und die Gerberei des Bürgermeisters überschwemmt, die flussabwärts direkt am Ufer stand. Die vereinten Bemühungen der Feuerwehr und der Bevölkerung, die zur Verstärkung herangezogen worden war, waren vergeblich gewesen.

Als Constance am Freitagabend nach Hause kam, erkannte sie den unteren Teil des Dorfes kaum wieder, so sehr hatten Wasser und Schlamm gewütet. Sie hielt sich jedoch nicht weiter auf, denn sie wollte unbedingt mit Anselme sprechen. Der allerdings schien all ihre Probleme vergessen zu haben und redete nur von den Schäden, die das Wasser angerichtet hatte. Constance hatte wieder große Schwierigkeiten gehabt, neue Kunden zu finden. Ihr wurde langsam klar, wie zerbrechlich der gute Ruf eines Unternehmens war. Das war es, worüber sie sich mit Anselme unterhalten wollte, der nun, wo er in der Sache gewonnen hatte und seine eigenen Klingen schmieden konnte, genauso dachte wie damals der alte Pagès: Die Qualität allein würde für sich sprechen und daher genügen, um etwas zu verkaufen.

„Aber ich schaffe es trotzdem nicht mehr“, sagte Constance.

Da er fest von seiner Meinung überzeugt war, gab er sich zuversichtlich. „Das wird schon wieder, mach dir keine Sorgen. Findest du nicht, dass Delpeuch mehr zu bedauern ist als wir?“

Constance konnte es nicht fassen: „Der Bürgermeister? Zu bedauern? Willst du mich auf den Arm nehmen?“

„Das könnte sein Ende sein“, sagte Anselme.

„Und was ist mit uns? Ist dir eigentlich klar, dass die Beträge für die Maschinen zur selben Zeit fällig werden wie die Löhne und dass ich die Raten am Ende des Monats bestimmt nicht werde zahlen können?“

„Ja“, gab Anselme zu. „Das weiß ich alles, aber ich rede jetzt vom Dorf. Was schlecht fürs Dorf ist, ist auch schlecht für uns. Wenn die Gerberei schließen muss, dann müssen auch wir eines Tages schließen.“

„Was versuchst du mir eigentlich gerade zu sagen?“

„Dass wir ihm helfen müssen.“

„Und wie, bitte sehr?“

„Indem wir ihm Arbeiter schicken, die beim Saubermachen helfen.“

„Soll das ein Witz sein?“

„Nein.“

„Niemals!“, rief Constance. „Niemals werde ich diesem Typen, dessentwegen ich beinahe alles verloren hätte, einen meiner Arbeiter zu Hilfe schicken.“

Wütend ging Constance ins Haus, um sich mit Marie über das, was Anselme ihr da vorgeschlagen hatte, zu ereifern. Aber anders, als sie geglaubt hatte, fand sie in ihr keine Gesinnungsgenossin.

„Warum hat er sich auch direkt am Flussufer niedergelassen?“, schnaubte sie, keinen Hehl aus ihrer schlechten Laune machend.

„Du weißt doch genau, dass man viel Wasser zum Gerben der Felle braucht.“

Was Constance am meisten aufregte, war, wie viel mehr Aufmerksamkeit man hier offenkundig den Problemen des Bürgermeisters schenkte als ihren eigenen. Und dabei hatte sie am nächsten Morgen einen Termin bei der Bank in Rodez, wo sie die Genehmigung einholen musste, ihren Kredit stunden zu lassen. Sie aß kaum etwas und ging auf ihr Zimmer, wo sie sehr schlecht schlief. Als sie am nächsten Morgen aufstand, regnete es immer noch. Sie rief Antoine an, und sie verabredeten sich für den Nachmittag in Massobre.

„Wünsch mir Glück!“, bat sie.

„Mach dir keine Sorgen, alles wird gut gehen!“

Sie fuhr getröstet los und kam voller Selbstvertrauen bei Monsieur Bonnafous an, dessen Lächeln sie jedoch von Anfang an irritierte.

„Na, kleine Madame“, meinte er. „Schwierigkeiten?“

„Nennen Sie mich bitte nicht kleine Madame“, versetzte Constance eisig, „sondern Madame Pagès, verstanden?“

Das fing ja schon ziemlich schlecht an. Der Bankier war beleidigt und gab sich fortan hochmütig distanziert, was Constance schließlich endgültig zur Weißglut brachte.

„Ich bitte Sie schließlich nicht um ein Almosen“, sagte sie, „sondern um einen großzügigeren Kredit, für den ich immerhin Überziehungszinsen zahle.“

„Ich muss bei der Regionalverwaltung nachfragen. Wenn Sie draußen auf mich warten wollen, während ich telefoniere.“

Constance harrte zwanzig Minuten lang geduldig in der Eingangshalle aus. Doch sie verdächtigte Bonnafous, sie absichtlich zappeln zu lassen. Schließlich öffnete sich seine Tür, und er bat sie, wieder einzutreten.

„Ist genehmigt“, sagte er. „Aber die äußerste Grenze Ihrer Kreditlinie haben wir auf 500 000 Francs festgelegt und die Überziehungszinsen auf acht Prozent.“

„Wollen Sie mich auf den Arm nehmen? Das sind Konditionen für jemanden, der keine Garantien hat. Darf ich Sie daran erinnern, dass ich Ihnen eine Hypothek als Sicherheit biete?“

„Ich bin da machtlos, die Entscheidung liegt allein bei der Regionalverwaltung.“

„Dann werde ich mir einen Termin bei dem Direktor dort geben lassen.“

„Mit einem Termin können Sie Ihre Probleme auch nicht lösen“, bemerkte Bonnafous zähneknirschend. „Ich weiß aus Erfahrung, dass eine Sache, bei der man einmal anfängt, mit Stundungen und Überziehungszinsen zu laborieren, immer ein böses Ende nimmt."

„Auf Ihre Meinung kann ich, mit Verlaub, verzichten."

Constance ließ ihn einfach stehen und knallte die Tür hinter sich zu, wütend, aber doch erleichtert, wenigstens das Wichtigste erreicht zu haben. Als sie zurückfuhr, regnete es immer noch. Alles war grau in grau, ohne Konturen, farblos, und am nächsten Mittwoch würde sie wieder auf die Straße müssen. Sie fröstelte, und plötzlich war ihr sehr kalt, doch dann dachte sie an Antoine und an den Nachmittag mit ihm am Kamin von Massobre, der vor ihr lag. Und da endlich konnte sie wieder lächeln.

ALS SIE gegen drei Uhr ankam, war Antoine noch nicht zu Hause. José-Luis war es, der ihr die Tür öffnete und sie ins Wohnzimmer führte, wo tatsächlich ein Scheit im Kamin brannte. Sie ging hin, setzte sich auf einen Sessel ganz nah davor und streckte die Füße in Richtung des Feuers.

„Ist dir kalt, Kind?", fragte José-Luis.

Genau wie Marie nannte auch er sie Kind, aber in seiner Stimme lag eine Art demütiger Verehrung, die sie jedes Mal wieder erschütterte. Ohne eine Antwort abzuwarten, sagte er dann: „Ich werde noch Holz nachlegen."

Sie beobachtete ihn, wie er das Feuer schürte und geschickt die langen, wunderbar duftenden Eichenscheite aufschichtete. Dann richtete er sich wieder auf, wandte sich ihr zu und fragte sie bescheiden: „Darf ich mich setzen?"

„Aber ich bitte Sie", entgegnete Constance. „Sie sind doch hier zu Hause, José."

Der alte Mann setzte sich und sah sie eine Zeit lang schweigend an.

„Geht es Ihnen gut, José?", fragte sie.

„Ja, mir geht es gut", antwortete er mit einer Stimme, die fest klingen sollte. Dann fügte er rasch etwas leiser hinzu: „Du musst dich gut um ihn kümmern, um den Kleinen. Ich werde bald nicht mehr da sein."

„Aber José! Was sagen Sie da?"

„Du musst bei ihm bleiben, ja? Er ist ein guter Junge, weißt du."

„Natürlich", erwiderte Constance, gerührt von diesen wenigen, überaus schamhaft formulierten Worten, hinter denen sich, davon war sie überzeugt, eine unaussprechliche Wahrheit verbarg.

Sie fragte sich, ob Antoine es wusste, aber sie hatte keine Zeit, sich darüber weiter den Kopf zu zerbrechen, denn vor dem Haus war ein Motorengeräusch zu hören, und José-Luis stand auf und sagte: „Da ist er ja."

Und er verschwand in dem Moment in der Werkstatt, als Antoine ins Wohnzimmer kam.

„Entschuldige", sagte er, „aber ich bin durch einen Unfall aufgehalten worden."

Sie setzten sich aufs Sofa. Constance streckte sich lang aus und legte den Kopf in Antoines Schoß.

„Hat er dir was erzählt?", fragte Antoine sofort.

„Er hat mir Gesellschaft geleistet. Wie du weißt, neigt er nicht gerade zu Vertraulichkeiten."

Antoine insistierte nicht und fragte sie lieber, wie ihr Termin bei der Bank gelaufen sei. Sie berichtete ihm von ihrer Unterredung mit Bonnafous, aber vor allem, was für Schwierigkeiten sie auf ihren Reisen bei ihren Besuchen mit den Einzelhändlern hatte.

„Was sagt Anselme dazu?"

„Er meint, dass die Qualität allein reicht, um zu verkaufen, dass wir Geduld haben müssen."

„Ich glaube, er hat Recht."

„Anselme behauptet auch, dass wir dem Bürgermeister für die Reinigung der Gerberei unsere Arbeiter zum Helfen schicken sollten. Eine seltsame Idee, findest du nicht?"

„Nein, das finde ich nicht. Das wäre eine gute Gelegenheit,

deine Solidarität mit dem Dorf unter Beweis zu stellen, denn du kapselst dich ein wenig zu sehr ab."

„Ich kapsle mich ab?"

„Du beteiligst dich an nichts und lebst völlig isoliert. Das schafft dir nicht nur Sympathien."

„Aber du weißt doch, dass ich keine Zeit habe."

„Ja, das weiß ich. Das war auch kein Vorwurf, sondern eine Feststellung."

Constance wollte sich gerade verteidigen, als José-Luis in der Tür erschien und Antoine ein Zeichen machte, ihm zu folgen. Der nahm Constances Hand und lud sie ein mitzukommen. Wortlos ging José-Luis bis zur Terrasse mit der Voliere vor ihnen her. Vor deren Tür blieb er stehen und deutete mit ausgestrecktem Arm auf etwas. Antoine ging in die Voliere und hob einen toten Vogel auf, dann kam er wieder heraus.

„Es ist der Schlangenadler", sagte er zu Constance.

Sie sah, dass seine Hände zitterten.

„Ich habe getan, was ich konnte. Er ist wegen des Futters eingegangen: Eigentlich frisst er nur Schlangen und Eidechsen." Und nach einem tiefen Seufzer fügte Antoine hinzu: „Aber er wäre in jedem Fall an Bleivergiftung gestorben."

Er konnte den Raubvogel nicht loslassen, als ob das Leben in diesen immer noch so schönen Körper zurückfinden könnte. Schließlich nahm José-Luis ihn ihm aus den Händen und sagte: „Ich werde mich darum kümmern."

Constance und Antoine gingen ins Haus zurück, und als sie auf dem Sofa saßen, legte sie wieder ihren Kopf auf seine Beine.

„Es ist wirklich schwer, wenn man sie nicht retten kann", sagte Antoine leise. „Selbst wenn sie so alt sind wie der da."

Dann redete er lange über Greifvögel, über ihre Krankheiten, ihre Eigenheit, stumm zu leiden, und Constance war überzeugt, dass er dabei an seinen Vater dachte. Sie nahm es ihm ein wenig übel, dass er es nicht schaffte, sich ihr anzuvertrauen, aber dann überlegte sie sich, dass er vermutlich nur das Beste mit ihr teilen wollte. Sie bedauerte, dass sie ihn mit ihren eigenen Sorgen belästigt hatte, und fragte sich, ob sie ihn eigentlich verdiente.

„Was denkst du?", erkundigte sich Antoine.

„Ich frage mich gerade, wie ich es geschafft habe zu leben, bevor ich dich kannte."

„Du hast so getan, als ob du lebst, wie jedermann."

„Und du?"

„Ich habe noch nicht einmal existiert."

Sie stützte sich auf einen Ellbogen, um zu sehen, ob er scherzte, ob auf seinen Lippen ein Lächeln lag. Aber nein: Er schien ernst.

„Also wird es kein Danach geben?", fragte sie.

„Was auch immer geschieht, ein Danach wird es nicht geben. Wir werden immer nebeneinander fliegen, so wie die Vögel."

AM MONTAGMORGEN erteilte Constance Anselme die Genehmigung, vier Arbeiter zum Bürgermeister zu schicken, unter der Bedingung, dass er sie begleitete. Sie hatte beschlossen, am Mittwoch wieder loszufahren, und verbrachte jeden Tag damit, ihre Reise zu organisieren. Aber am frühen Nachmittag fühlte sie sich elend und musste sich mit hohem Fieber ins Bett legen. Marie wollte den Arzt holen, doch Constance lehnte ab.

„Geneste hier in meinem Haus? Ganz bestimmt nicht."

Am nächsten Tag konnte Constance aber nicht aufstehen. Sie mussten den Arzt aus Sévérac rufen, einen etwa vierzigjährigen Mann, der eine schwere Grippe diagnostizierte und ihr acht Tage Arbeitsverbot erteilte.

„Acht Tage?", begehrte Constance auf. „Das geht nicht: Ich muss morgen wieder los."

„Wenn Sie morgen losfahren, dann kommen Sie nicht weit", erwiderte er, während er das Rezept ausstellte.

Plötzlich wollte Constance nicht mehr darum kämpfen, auf Tour zu gehen, dieses Zimmer zu verlassen. Sie wollte sich gehen lassen, sich der Zärtlichkeit ihres Vaters und ihrer Mutter hingeben wie früher, wenn sie krank war.

„Haben wir mein Federbett nicht mehr?“, fragte sie Marie.

„Doch. Es muss im Schrank sein.“

Constance erkannte es sofort, dieses rote Federbett, das sie damals vor allem Bedrohlichen beschützt hatte, und wenn sie die Augen schloss, klangen Maries Schritte auf der Treppe fast wie die ihrer Mutter. Das brachte sie so durcheinander, dass sie plötzlich das Gefühl hatte, wieder acht Jahre alt zu sein, den Duft nach Vanille zu riechen, den Grog mit Rum, die Senfumschläge, die Valda-Pastillen, den Hustensirup, das ganze Arsenal an Mitteln, das ihre Mutter – und Marie, auch damals schon – benutzt hatte, um sie gesund zu pflegen. Und dabei war es damals ihr geheimster Wunsch gewesen, niemals wieder gesund zu werden, so eingekuschelt und von allen Seiten liebevoll gehätschelt liegen bleiben zu können, und sie hatte gehofft, dass dieser Zustand ewig dauern sollte. Nachmittags fragte sie Marie, ob es noch eine Wärmflasche im Haus gebe.

„Bitte, geh eine kaufen“, sagte sie, als diese verneinte.

„Du bist mir wirklich eine“, seufzte Marie, aber eigentlich machte es ihr Spaß, denn Constances Launen waren wie das Zeichen einer etwas verspäteten Anerkennung der Welt, in der sie selbst schon immer lebte.

Die Wärmflasche, die sie dann mitbrachte, war weder aus Keramik noch aus Metall, sondern aus grünem Gummi mit einem Schraubverschluss, genau wie vor dreißig Jahren. Dieses Detail genügte Constance, um den Rest des Nachmittags in einer Art seligem Frieden zu verbringen, der noch mehr als reines Glück war. Sie hielt die Wärmflasche eng an sich gepresst.

Als das Fieber schließlich sank, war sie noch recht wackelig auf den Beinen. Sie machte es sich im Wohnzimmer gemütlich, labte sich an heißem Cidre, Kräutertees, Schmalzgebäck und Süßigkeiten. Marie wich ihr nicht von der Seite.

Antoine kam am Freitag. Es war das erste Mal, dass er das Haus von La Retirade betrat, denn sonst trafen sie sich immer in Massobre. Sie verbrachten den ganzen Spätnachmittag damit, über Gott und die Welt zu reden. Constance vermied es, auf José-Luis und das Buch, das Antoine schreiben wollte, zu sprechen zu kommen. Er erzählte ihr, dass man ihm einen verletzten Turmfalken gebracht habe, um ihn wieder gesund zu pflegen.

Antoine war abgefahren und hatte versprochen, so schnell wie möglich wiederzukommen.

Constance war erneut in das geheiligte Reich ihrer Kindheit eingetaucht, hatte dort alle Ecken durchstöbert, und die Erinnerungen, die in lauen und duftenden Wellen zu ihr aufstiegen, rührten sie jedes Mal mehr. Aber sie vergaß nicht, dass sie wieder zurückkehren musste in diese Welt, ab nächstem Montag wieder anfangen musste zu kämpfen.

Am Samstag klingelte es an der Tür. Es war der Bürgermeister Sylvain Delpeuch, der mit ihr sprechen wollte. Sie empfing ihn im Esszimmer, und zu ihrer großen Überraschung saß ihr dort ein anderer Mensch gegenüber, geschlagen, demütig, nicht wieder zu erkennen. Er war gekommen, um sich bei ihr dafür zu bedanken, dass sie ihm ihre Arbeiter geschickt hatte.

„Ich weiß nicht, ob ich noch einmal von vorn anfangen kann", sagte er. „Und wie läuft's bei dir?"

„Es ist schwer, aber ich gebe nicht auf."

„Ja, man darf nicht aufgeben", erwiderte er. „Wenn wir zwei hier den Laden dichtmachen, das wäre das Ende von Sauvagnac."

Er schien es ehrlich zu meinen, und Constance brachte ihn noch bis zum Wagen. Es war das erste Mal seit einer Woche, dass sie das Haus verließ. Die Luft war so mild, und der Frühling schien so unmittelbar bevorzustehen, dass sie sich plötzlich wie neugeboren fühlte. Sie konnte es kaum erwarten, den Kampf wieder aufzunehmen.

# 17

Er dauerte nun schon einen Monat, dieser Kampf, und sein Ausgang schien immer noch ungewiss. Es gingen immer noch keine neuen Bestellungen ein, und Constance war der Verzweiflung nahe. Der einzige Lichtblick war, dass das Gewerbeaufsichtsamt inzwischen grünes Licht gegeben hatte. Alles entsprach jetzt den Vorschriften, umso mehr als Constance, der der Schock über den Unfall ihres Arbeiters noch in den Knochen saß – er hatte die Arbeit noch nicht wieder aufnehmen können –, die schadhafte Maschine ersetzt hatte. Aber um welchen Preis! Die Wechselschulden häuften sich, und die Bank drohte, die Stundungsgenehmigung aufzuheben, wenn sie sich nicht zu der nächstliegenden Maßnahme entschließen würde.

„Und das wäre?", hatte Constance den Direktor der Regionalverwaltung ihrer Bank gefragt, der ihr endlich einen Termin bewilligt hatte.

„Sie müssen das Unternehmen verschlanken, Madame."

„Niemals!", erwiderte sie.

„Oh, sogar schnellstens, Madame. Sonst steuern Sie direkt in die Katastrophe."

„Ich werde darüber nachdenken", war sie ihm entgegengekommen, denn sie wollte diesen Mann, in dessen Händen ihr Schicksal lag, nicht verprellen.

„In drei Monaten wird es zu spät sein. Stoßen Sie drei oder vier Arbeiter ab, und Sie werden sehen, dass alles einfacher wird."

Vor dem Direktor hatte sie sich zusammengenommen, aber auf dem Rückweg hatte sie geweint. Allein bei der Vorstellung, drei Leute auf die Straße setzen zu müssen, wurde ihr übel. Sosehr Anselme und Marie auch versuchten, sie zu beruhigen – Constance hatte das Gefühl, dass sie den Ernst der Lage nicht erkannten. Antoine bemühte sich, ihr nach Kräften zu helfen, suchte überall nach Unterstützung, aber vielleicht war er auch nicht der ideale Mann, wenn es darum ging, Termine zu bekommen, die dann übrigens zu nicht viel mehr als vagen Versprechungen führten.

Die langen Spaziergänge mit ihm waren selten geworden, so viel hatte sie zu tun, und sie gaben ihr auch nicht mehr die Kraft und den nötigen Abstand, um all die Schwierigkeiten anzugehen. Sie suchte an den Orten, wo sie ihre wahren Wurzeln wieder fand, nach Hilfe, meistens auf dem Weg nach Mailhebiau. Dort versuchte sie, in den Fußstapfen ihres Vaters zu wandeln, kletterte zu der Quelle hinunter und atmete tief die guten Düfte des Aubrac ein, das zu dieser Jahreszeit vor üppigem Grün nur so überquoll.

Hier fing alles neu an, so wie sie selbst neu angefangen hatte. Allein diese Vorstellung war schon Balsam für ihre Seele. Nach der Kälte, nach dem Verfall kam die neue Jahreszeit. Das galt auch für sie, denn sie war diesem Landstrich ähnlich. Aber als sie wieder zu Hause war, überwältigte sie die Flut der Probleme von neuem. Sie rief Antoine an, der versuchte, sie zu beruhigen: „Halt durch! Sei hartnäckig. Ich bin ja da."

„Kannst du heute vorbeikommen?"

Er kam und blieb eine Stunde, erzählte ihr von den Leuten von der Handelskammer in Rodez, mit denen er Kontakt aufgenommen habe, davon, dass sie noch mit anderen Banken verhandeln könne als mit dem Crédit du Midi. Als er wieder abgefahren war, ertrug Constance es nicht, allein zu sein. Sie unterhielt sich mit Anselme und Marie, aber irgendwie war das nicht genug. Nachmittags ging sie ins Dorf, marschierte auf der Promenade auf und ab. Aber an diesem Tag half auch das nicht.

Als sie abends gegen sieben gerade ein paar Zornestränen abwischte, den Telefonhörer auflegte und im Begriff war, aus dem Büro zu gehen, klopfte es an die Tür. Es war Laurent, der sie verlegen und unsicher um eine Unterredung bat. Sie ließ ihn Platz nehmen, betrachtete einen Moment lang die hellen Augen, von deren Blick sie sich, obwohl er ziemlich verunsichert war, förmlich durchbohrt fühlte.

„Was möchtest du?“, fragte sie.

Er sagte ruhig, so als ob er sich die Worte sorgfältig zurechtgelegt hätte: „Ich bin als Letzter zur Belegschaft dazugekommen. Wenn Sie wollen, kann ich wieder gehen.“

Sie sah ihm, so gut es ging, in die Augen und antwortete: „Hier wird niemand gehen. Hör nicht auf das, was geredet wird. Ich werde mir etwas einfallen lassen, wie immer. Ich bin sicher, dass sich unsere Wege nie trennen werden.“ Und dann fügte sie ein wenig leiser hinzu: „Wenigstens nicht, solange du das nicht wünschst.“

Er nickte, stand auf, lächelte und machte die Tür hinter sich zu. Als sie wieder allein war, hatte Constance merkwürdigerweise das Gefühl, ein Kap umschifft zu haben. Aber wenn sie versagte, dann würde sie es nie mehr wagen, sich diesem Blick zu stellen, in dem sie Schmetterlinge aus Licht hatte tanzen sehen, die ihr das Herz erwärmt hatten.

ANTOINE war allein auf dem Méjean und hatte dort den Turmfalken freigelassen, den er gesund gepflegt hatte. Der Vogel war ohne Probleme losgeflogen, und Antoine war erleichtert und mit sich selbst versöhnt gewesen. Er stieg langsam in das große Geröllfeld hinab, wo er Constance zum ersten Mal geküsst hatte, und setzte sich im Windschatten auf einen Felsen. Um ihn herum knackten die Steine unter den ersten heißen Sonnenstrahlen, und der Himmel über ihm schien so nah, dass Antoine, als er den Kopf hob, eher das Gefühl hatte, zu dem blauen Gewölbe über ihm zu gehören als zu diesem grauen Sockel, auf dem er hier saß.

Aber heute konnte er sich noch so viel Mühe geben, der Méjean blieb ihm fremd. Zu viele Fragen und Sorgen lasteten dunkel auf seiner Seele. Er verzieh es sich nicht, dass er Constance dazu angestachelt hatte, die Manufaktur weiterzuführen, und dass er ihr jetzt zusehen musste, wie sie kämpfte, ohne ihr eine wirkliche Hilfe zu sein. Er verzieh es sich ebenso wenig, auch seinem Vater nicht helfen zu können, der mit jedem Tag schwächer wurde. Und er verzieh es sich darüber hinaus nicht, dass er das Buch über den Spanischen Bürgerkrieg nicht zustande brachte, das, so schien es ihm, dieses Leben gerechtfertigt hätte, das mit solchen Idealen angetreten worden war.

Antoine wusste, was er tun müsste: ihn nach Spanien zurückbringen, bevor er starb, dort mit ihm seine letzten Tage verbringen. Aber er wollte Constance nicht allein lassen. Die zwei Menschen, die er auf der Welt am meisten liebte, waren beide in Bedrängnis, und er konnte dem einen nicht helfen, ohne den anderen im Stich zu lassen.

Constance hatte versprochen, an diesem Abend nach Massobre zu kommen. Besser gesagt, er hatte ihr das Versprechen abgenommen. Aber würde sie auch wirklich kommen? Schon seit ein paar Tagen – beziehungsweise Nächten – schien sie ihn zu meiden. Er nahm ihr das nicht übel: Sie hatte beschlossen, ihm nur noch das Beste zu geben und ihre Sorgen für sich zu behalten. Aber er wünschte, es wäre anders. Er war überzeugt, dass er sie ihre Probleme für kurze Zeit vergessen machen konnte, wenn er sie in die Arme nahm, so, wie sie es manchmal von ihm erbat, wobei sie mit einer Stimme hinzufügte, die ihn jedes Mal aus der Fassung brachte: „Halt mich ganz fest!“ Er liebte sie, aber trotzdem quälte sie das Gewicht des banalen, erdrückenden Alltags, der sie daran hinderte, zu ihm zu kommen. Constance ging es nicht gut und ihm selbst auch nicht.

Antoine stieg ins Auto, legte einen wütenden Kavalierstart hin, so eilig hatte er es, nach Massobre zurückzukommen, denn ihn marterte in einem fort der Gedanke, dass er die zwei Menschen, die ihm teuer waren, im Stich ließ.

Er stellte den Wagen ab und stürzte ins Haus, als wäre sein Vater in Gefahr. Antoines Erleichterung war groß, als er ihn im Garten fand, wie er versuchte, ihn umzugraben, um säen zu können. Seinen Porree und seine Tomaten, wie jedes Jahr, zur Verzweiflung seines Sohnes.

Der alte Mann stützte sich auf den Spaten und rang nach Luft.

„Was machst du da?“

„Den Garten.“

José-Luis konnte sich kaum noch auf den Beinen halten. Antoine nahm ihn beim Arm und führte ihn ins Haus, wo er ihn zwang, sich zu setzen.

„Ich werde jemanden anstellen, der den Garten für dich umgräbt.“

„Ich darf also nichts mehr machen?“, seufzte José-Luis.

„Du kannst dich doch um die Vögel kümmern und außerdem säen.“

Er setzte sich José-Luis gegenüber, um ihm zuzuhören. Etwas anderes, als ihm zuzuhören, konnte er nicht tun, und das tat er bis zum Abend.

CONSTANCE rief gegen sieben Uhr an und sagte, dass sie an diesem Abend nicht nach Massobre komme, denn sie habe einen Termin – ein Abendessen – mit dem Präsidenten der Handelskammer in Rodez.

„Danach wird es zu spät sein, um noch zu fahren.“

„Mach dir keine Gedanken“, sagte Antoine. „Ich komme morgen vorbei.“

„Danke, Antoine.“

Es kam ihm so vor, als habe sie noch etwas hinzufügen wollen, und er fragte sich den ganzen Abend lang, was sie ihm wohl nicht hatte sagen können.

Als sein Vater im Bett war, ging Antoine in sein Arbeitszimmer und versuchte das, was sein Vater ihm nachmittags erzählt hatte, zu Papier zu bringen, aber er schaffte es nicht. Also verbrannte er den Bogen im Kamin und ging schlafen.

Gegen ein Uhr morgens wurde er schlagartig wach. Vor dem Haus war ein Auto zu hören, das hielt. Er stand auf, um die Tür zu öffnen, und erblickte Constance, mit Tränen in den Augen.

„Was ist los?“, fragte er sie. „Was ist passiert?“

„Nichts“, sagte sie, „nichts. Ich bin nur so müde.“

Er legte ihr den Arm um die Schultern und brachte sie bis zum Sofa. Dorthin bettete er sie und deckte sie zu. Dann kochte er einen Kaffee. Als er zurückkam, lächelte sie ihm mit einem so jämmerlichen Lächeln zu, dass es ihm in der Seele wehtat. Er half ihr, sich aufzusetzen, sie trank ihren Kaffee und schien sich zu beruhigen.

„Also?“

„Am liebsten würde ich alles verkaufen, ein für alle Mal Schluss machen“, erklärte sie. „Ich kann nicht mehr. Wir sehen uns kaum noch. Das war es nicht, was ich wollte. Was ich will, das bist du.“

Er schwieg noch einen Moment, dann sagte er sanft: „Diese Sache machen wir doch gemeinsam.“

„Aber heute will ich nicht mehr“, flüsterte sie.

„Nur noch ein bisschen“, entgegnete er. „Drei Monate. Sonst bedauerst du es eines Tages, und wir werden es alle beide als Versagen empfinden.“

Sie wandte ihm den Kopf zu und fragte: „Aber lohnt sich das alles denn überhaupt, Antoine?“

„Es wird sich lohnen, und zwar schon bald.“

Er redete noch lange, lange auf sie ein in dieser Nacht. Constance hatte ihren Kopf an seine Brust gelehnt, und er strich ihr übers Haar. Als er gegen drei Uhr morgens verstummte, stellte er fest, dass sie eingeschlafen war.

IN DEN folgenden Tagen versuchte sie, diejenigen, die sie liebte und auf die sie sich verlassen konnte, um sich zu versammeln. Angefangen mit Madame Rieux, ihrer Grundschullehrerin, die, genau wie Antoine, Worte fand, die ihr wohl taten. „Du hast schon immer deinen Kopf durchgesetzt. Ich bin ganz sicher, dass du es schaffen wirst.“

Zu ihrer größten Überraschung kam auch von Vanessa Hilfe. Die erklärte ihr eines Sonntagabends, als sie sie nach Rodez zurückfuhr: „Du bist es doch, die mir neulich beigebracht hat, dass man immer das tun soll, wonach einem der Sinn steht."

„Und wenn ich es nicht schaffe?"

„Und ein Antoine, der schuld daran ist, dass ich dich am Sonnabend nie zu sehen bekomme? Kann ich übrigens gut verstehen, er sieht ziemlich gut aus... Würdest du den verlieren? Nein. Das kannst du mir glauben. Diese Bauerntrampel hier werden dich bestimmt nicht unterkriegen. Dazu kenne ich dich zu gut, mein Mutterherz."

Dieser Zuspruch, auf den Constance nicht mehr zu hoffen gewagt hatte, gab ihr für mehrere Tage neue Kraft.

Im Dorf stieß sie auf Unterstützung bei den Händlern: das Gastwirtspaar, die Besitzer des Lädchens, in dem sie jeden Tag ihre Zeitung holte, die des Cafés und auch noch andere, die ihr plötzlich keine Feindseligkeit mehr entgegenbrachten. Es war, als hätten sie auf einmal verstanden, dass die Gefahr, in der sich Constances Manufaktur gemeinsam mit der Gerberei des Bürgermeisters befand, das Überleben von Sauvagnac infrage stellte.

Anders, als sie gedacht hatte, hatte sie bei der Handelskammer in Rodez aufmerksame Zuhörer gefunden. Antoine hatte Recht: Man durfte nicht allein kämpfen, sondern musste sich auf die Solidarität des Berufsstandes verlassen, auf die verantwortlichen Köpfe der Gegend, die es gelernt hatten, sich fest zusammenzuschließen, um das Wirtschaftsleben, das soziale Gefüge, ja die gesamte Existenz hier zu sichern.

Aber trotzdem ging es nicht voran. Die Bestellungen tröpfelten immer noch genauso, und ihre finanzielle Situation wurde immer verheerender. Eines Morgens war sie so erschöpft, dass sie kurz davor war, aufzugeben und den Entlassungen zuzustimmen. Sie holte die Personalakten aus dem Schrank und blätterte sie durch: Von wem, außer von Laurent, könnte sie sich trennen? Von den älteren Männern? Von den Junggesellen? Sie dachte daran, dass sich hinter diesen Aktenblättern, diesen Fotos Familien verbargen, treue, arbeitsame Existenzen, ganze Leben, die sie zerstören würde. Sie stellte den Ordner zurück.

Am selben Tag kam am frühen Nachmittag Anselme in ihr Büro und setzte sich mit düsterer Miene auf den Stuhl ihr gegenüber. Was hatte er für Nachrichten? Er räusperte sich und fragte dann: „Du hast doch auch schon vom Ulmensterben gehört, das seit einigen Jahren grassiert, oder?"

„Ja, natürlich", antwortete sie ärgerlich.

„Wir finden nicht mehr genug Ulmenknorren für die Griffe. Wir müssen uns nach etwas anderem umsehen. Etwas, was so ähnlich aussieht. Oder wenigstens etwas hier aus der Gegend."

„Und was wächst hier?"

„Steineichen, aber ihr Holz ist zu grobfaserig."

„Vielleicht etwas von den Gebirgsplateaus?"

Anselme überlegte kurz und meinte dann: „Wacholder!"

Diesen kleinen Baum kannte Constance von ihren Spaziergängen gut, und aus seinen blauen Beeren bereitete Marie Likör.

„Wie ist das Holz?"

„Gar nicht so schlecht. Rustikal, aber dennoch relativ fein, mit einer Oberflächenstruktur, die sich angenehm anfühlt."

„Kannst du mir das morgen zeigen?", fragte Constance. „Ich muss darüber nachdenken. Und erkundige dich mal, was es in etwa kostet."

„Es ist auf jeden Fall billiger als Ulme, darüber brauchst du dir keine Sorgen zu machen", meinte Anselme und verschwand, ohne dass seine Miene sich aufgehellt hätte.

Abends aß Constance kaum etwas und ging wieder ins Büro, um ihre Kostenanalysen zu Ende zu bringen. Sie arbeitete seit etwa zehn Minuten, als es klopfte. Es war Laurent.

„Sieht es wirklich so schlecht aus?", fragte er, während er stehen blieb.

Das war nun schon das zweite Mal, dass er sie innerhalb kurzer Zeit abends aufsuchte, und sie wunderte sich darüber.

„Worüber machst du dir eigentlich wirklich Sorgen?“, fragte sie. „Du bist jung und wirst leicht Arbeit finden in diesem Handwerk. Wenn nötig, werde ich mich persönlich darum kümmern.“

„Ich mache mir keine Sorgen um mich“, sagte er nach kurzem Nachdenken, „sondern um Sie.“

„Um mich? Warum denn das?“

„Ich sehe doch, was für eine Mühe es Sie von Anfang an gekostet hat, diese Manufaktur am Leben zu halten. Ich wollte Ihnen nur sagen, dass Sie nicht allein sind.“

„Danke“, sagte Constance. „Danke, Laurent.“

Er lächelte und ging ohne ein weiteres Wort hinaus.

AM NÄCHSTEN Morgen ganz früh rief sie Antoine an. Er war froh, dass sie den alten Kampfgeist zurückgewonnen hatte, und sicher, dass sie auf dem richtigen Weg war. Dann hielt sie Anselme in der Küche zurück und erklärte ihm, dass sie auch den Palisander der Luxusausstattung durch etwas anderes ersetzen würden.

„Ach ja?“, meinte er, wenig überrascht.

„Und das ist noch nicht alles. Gestern hast du mir von den Steineichen erzählt: Nun ja, wir werden die Feder in Eichenblattform schmieden, etwas ganz Solides. Ein starkes Bild. Laurent soll das entwerfen. Hast du eine Idee, wodurch wir den Palisander ersetzen können?“

Schließlich einigten sie sich auf Perlmutt. Die Beschaffung war kein Problem, denn in Thiers gab es einen Importeur, der sich aus Tahiti die entsprechenden Muscheln kommen ließ. Ein Symbol für Solidität, eine andere Aufmachung, der Eindruck von Neuartigkeit, die hohe Qualität: Auf diese vier Säulen wollte sie sich stützen. Den ganzen Vormittag lang verhandelte sie wegen des Perlmuttpreises, versuchte, die Kosten zu minimieren, und schließlich war sie in etwa auf dem gleichen Niveau wie für die alten Messer. Jetzt musste sie nur noch jemanden finden, der an ihrer Stelle verkaufte, denn sie war von ihren ewigen Rundreisen überaus erschöpft.

Gleich nach dem Mittagessen fuhr sie nach Rodez, um dem Präsidenten der Handelskammer ihren Plan darzulegen und ihn zu fragen, ob er nicht einen auf diesen Verkaufsbereich spezialisierten Vertreter kenne. Er erklärte ihr, dass es einen Großhändler in Clermont-Ferrand gebe, der sieben Untergrossisten beliefere. Der sei allerdings sehr pingelig, was die Qualität anginge.

Constance konnte es kaum erwarten. Jetzt hatte sie all ihre Energie wieder gefunden. Sie fuhr, wie immer viel zu schnell, unverzüglich nach Clermont-Ferrand und kam dort gegen vier Uhr an. Während der ganzen Fahrt hatte sie sich ihre Argumente zurechtgelegt. Ihr Gegenüber, ein absoluter Profi, der Wert auf seinen guten Ruf legte, machte es ihr nicht leicht. Aber ihre Verkaufserfahrung kam Constance nun zugute. Sie konnte in einer zweistündigen erbitterten Diskussion die geringstmögliche Kommission aushandeln. Als sie wieder losfuhr, war sie wie leer, völlig erschöpft von diesem verrückten Tag. Aber auch so zuversichtlich, wie sie es schon lange nicht mehr gewesen war.

## 18

Ja, Constance hatte wohl die richtige Entscheidung getroffen. Das konnte sie im folgenden Monat feststellen, nachdem sie den Grossisten mit Prototypen beliefert hatte: In weniger als vierzehn Tagen häuften sich die Bestellungen. Mitte Mai lief die Manufaktur wieder auf Hochtouren: Die vier wesentlichen Maschinen waren neu, die Produkte ebenfalls, und sie waren von hoher Qualität. Constance ging oft in die Werkstatt, um den automatischen Hämmern der Schmiede zuzusehen, sich von dem rot glühenden Stahl blenden zu lassen. Ende Mai war sie, auch wenn ihre finanzielle Situation noch prekär war, überzeugt, dass sie gewonnen hatte.

Pierre rief an und erklärte ihr, dass er nun doch nicht nach Ibiza gehen werde. Das überraschte sie nicht, denn er hatte in den letzten zwanzig Jahren noch nie irgendetwas an seinem Leben verändert. Es war immer Constance gewesen, die die Verantwortung für alles getragen hatte, auch für ihre Scheidung. Erleichtert, dass Vanessa weiterhin ihre Ferien in Paris würde verbringen können, hatte Constance sich jeglichen Kommentars enthalten. Was nächstes Schuljahr wäre, würde man dann immer noch sehen.

Während der letzten schweren Monate hatte sie begriffen, dass es ein Fehler gewesen war, sich so abzukapseln, sich von den offiziellen Organen der Innung fern zu halten, aber auch vom Leben im Dorf, genau wie Antoine es gesagt hatte. Kaum hatte sie eine ruhige Minute gefunden, nahm sie ein Problem in Angriff, das weder der Bürgermeister noch der Gastwirt, Monsieur Crozade, hatten regeln können: Es musste ein Nachfolger für die Bäckersleute Monsieur und Madame Canteloube gefunden werden, die in Rente gehen wollten. Wenn die Bäckerei schloss, wäre das ein Unglück für Sauvagnac, das war allen klar. Und nun hatten die Canteloubes schon seit über einem Jahr die Altersgrenze überschritten, und man war einer Lösung des Problems nicht einen Schritt näher gekommen. Constance hatte die Idee, sich an die Müllereigenossenschaft zu wenden, denn die mussten doch ein Interesse daran haben, ihr Mehl zu verkaufen, und daher auch daran, dass es weiterhin Bäckereien gab. Das Ergebnis ließ nicht lange auf sich warten. Keinen Monat später schickte die Genossenschaft ein junges Paar, das die Canteloubes Anfang des Sommers ersetzen würde.

Durch all diese Erfolge gestärkt, merkte Constance, wie sehr die Leute im Dorf ihre Einstellung zu ihr geändert hatten. Nicht nur der Bürgermeister, sondern auch der Arzt Geneste, dem sie mehrmals über den Weg gelaufen war und der ihr immer zugelächelt hatte. Sie fragte Marie aus und erfuhr, warum ihr Vater damals so gegen ihren „Umgang“ mit diesem jungen Mann gewesen war.

Marie erzählte ihr, dass der Maquis im Juni 1944, als die Deutschen sich nach der Landung der Alliierten in der Normandie zurückzogen, viele Männer durch die Scharmützel, die nun überall stattfanden, verloren hatte. Henri Pagès hatte zu einem Trupp auf den Höhen des Aubrac gehört, der von Charles Geneste, damals der Chef der Ortsmiliz, an die Deutschen verraten worden war. Er selbst war gerade noch entkommen, aber nach der Befreiung war seine Zeugenaussage entscheidend für die Verurteilung des alten Geneste gewesen. Constance hatte sich so etwas schon gedacht, aber ihr Vater hatte nie offen mit ihr darüber gesprochen.

Wie auch immer, all das war nicht mehr Constances Problem. Was geschehen war, war geschehen. Sie wollte nur eins: in Zukunft keine Angst mehr davor haben zu müssen, ihm über den Weg zu laufen. Sie war es leid, sich schuldig zu fühlen, obwohl sie es keineswegs war.

Als sie eines Abends nach Massobre fuhr, erspähte sie ihn wieder und blieb am Straßenrand stehen. Es überraschte sie nicht, dass er hinter ihr anhielt. Sie stieg aus, lehnte sich gegen ihren Wagen und wartete ab.

„Du bist unverändert und wunderschön", sagte er und wollte sie zur Begrüßung auf die Wange küssen.

Sie stieß ihn energisch zurück und erklärte kühl: „Du, auf jeden Fall, hast dich verändert. Du bist alt geworden."

Er steckte den Schlag ein, lächelte und fragte vorsichtig: „Findest du nicht, dass ich eher Grund hätte, dir böse zu sein?"

„Weshalb?", fragte sie. „Weil ich aus deinem Leben verschwunden bin, nachdem ich dich mit einem anderen Mädchen erwischt habe, während ich Kopf und Kragen riskiert habe und heimlich ausgebüchst bin, um zu dir zu kommen. Heute betreibt sie das Café, mit ihrem Mann zusammen. Sie hast du also auch betrogen."

Und da ihm offenbar keine Antwort einfiel, fügte sie noch hinzu: „Und dann muss ich dir ja wohl noch dafür danken, dass du mir, gemeinsam mit dem Bürgermeister, tausend Steine in den Weg gelegt hast, um dieses Altersheim bauen zu können, das euch reich machen soll."

„Hör zu, Constance", sagte er. „Wir haben inzwischen ein anderes Grundstück gefunden."

„Das ist mir völlig egal. Du bist derjenige, der mir zuhören wird:

Wenn es einen Schuldigen gibt, was uns beide betrifft, bist du es und nicht ich. Aber heute mache ich drei Kreuze, dass alles so und nicht anders gekommen ist, denn sonst hätte ich all das nicht leben können, auch nicht, was ich seit meiner Rückkehr im Dorf erlebt habe. Was die Zukunft angeht: Je weniger ich dich zu sehen bekomme, desto besser. Guten Abend."

Sie ließ ihn einfach stehen, stieg wieder in ihr Auto und fuhr mit dem wunderbaren Gefühl los, eine alte Angelegenheit bereinigt zu haben, die ihr das Glück, das die Zukunft bringen würde, hätte verderben können. Aber vor allem war sie glücklich, dass sie es geschafft hatte zu verschweigen, was nur sie allein anging: dass dieser Mann der Vater ihres Kindes war und dass sie es seinetwegen verlassen hatte. Befreit von all dem, was ihr Leben vergiftet hatte, fuhr sie zu Antoine, während die vom Sonnenuntergang goldglänzenden Baumkronen leuchteten.

BEI DEM strahlenden Frühlingswetter hatten sie endlich die Zeit gefunden, den Spaziergang nach Fretma zu machen, den sie schon so lange geplant hatten. Am frühen Samstagnachmittag hatten sie sich getroffen. Die Sonne schien warm und kündete vom Nahen der heißen Jahreszeit. Die Hänge der Tarn-Schlucht waren mit weißen Blumen bedeckt, runde Inselchen zwischen all den jungen Blättern, während oben, an der Kante des Méjean, die Nadelbäume mit ihrem dunklen Grün die seltsame Helligkeit des Himmels unterstrichen.

Als sie auf der Hochebene angelangt waren, durchquerten sie rasch die Eichen- und Tannenwälder, die schon bald das große kahle Kalkplateau freigaben. Vor ihnen lag jetzt nur noch der Himmel, so weit das Auge reichte.

„Bei der Wärme müssten sie eigentlich fliegen", meinte Antoine.

Er meinte natürlich die Geier, und Constance wunderte sich nicht, als er an der Kreuzung in Drigas geradeaus Richtung Meyrueis weiterfuhr. Nach weiteren fünf Minuten hielten sie auf einer Hügelspitze an.

„Sieh mal“, sagte Antoine, „da sind sie.“

Sie stiegen aus dem Auto und beobachteten, wie in der Ferne nicht nur zwei, sondern vier Geier sich beinahe reglos vom warmen Aufwind tragen ließen.

„Sie beschützen uns“, meinte Constance.

Antoine drehte sich zu ihr um und lächelte schweigend. Noch eine Weile beobachteten sie die großen Vögel, und dann kehrten sie, ganz geblendet von so viel Himmel, wieder um in Richtung Drigas, wo man nie eine Menschenseele auf der Straße traf, als ob das Leben hier nur im Verborgenen möglich sei, damit einen der Wind nicht in den Himmel hinaustrug. In Nivoliers war es das Gleiche. Constance wandte den Kopf und sah aus dem Rückfenster, suchte nach einer Spur menschlichen Lebens, aber niemand erschien in den schmalen Gassen.

Antoine bog nach rechts ab, fuhr wieder bergan und parkte den Wagen. Sie gingen zu Fuß los und stiegen eine große, mit Tannen bestandene Verwerfung hinauf, bis sie an einem ganz und gar mit hohen Kiefern übersäten Plateau anlangten.

Ein Feldweg mit tiefen Spurrillen zweigte nach links ab, in die große Leere, schien nirgends hinzuführen. Nachdem sie unter den Kiefern ein wenig verschnauft hatten, gingen sie weiter, nebeneinander her, und je weiter sie kamen, desto überraschter waren sie, wie grün es hier jetzt überall war.

Nach einer halben Stunde tauchte hinter einer Wegbiegung eine grüne Insel auf. Das Ganze sah aus wie eine riesige Doline, in die sich alle Wasser der Umgebung ergossen und wo sich so etwas wie ein Garten aus Kräutern und gelben und weißen Blumen gebildet hatte. In ihrer Mitte erhoben sich drei oder vier zerfallene Gebäude mit eingestürzten Dächern, die aber trotzdem, das merkten sie, als sie näher kamen, noch erschreckend belebt wirkten. Sie setzten sich auf die Stufen des Haupthauses, die von tausenden von Schritten blank poliert waren.

„Die letzten Einwohner sind 1946 in die Stadt gezogen. Seitdem ist das Dorf verlassen. Und seine ehemaligen Bewohner leben sicher auch nicht mehr.“ Er stand auf. „Komm, ich zeige dir, wie schön es von oben ist.“

Sie gingen den Weg weiter entlang, auf ein großes, wassergefülltes Bassin zu, eine ehemalige Schaftränke, blieben ein Weilchen stehen und stiegen dann bis auf die kahle Hügelkuppe, von der man die umliegenden Gipfel sehen konnte.

„Siehst du, da drüben, auf der anderen Seite der Tannen, ist der Aubrac, dein Zuhause.“

„Und hier?“, fragte Constance. „Wer ist hier zu Hause?“

„Wir.“

„Weit weg von allem?“

„Ja, genau, weit weg, hier gibt es nur uns.“

Sie sahen lange in die Ferne, auf die kahlen Gebirgskämme, die wunderschön mit dem immer noch hellen Himmel verschmolzen. Dann gingen sie zurück nach Fretma und streckten sich im hohen Gras zwischen den Blumen aus. Antoine deutete auf einen Königsmilan, der genau über ihren Köpfen schwebte und sie zu beobachten schien. In dem intensiven Duft des Grases nickten sie ein und wachten gleichzeitig wieder auf. Und da sagte Antoine es, so leise, dass sie es beinahe nicht gehört hätte: „Ich werde fortgehen, Constance. Ich werde meinen Vater nach Spanien zurückbringen, damit er dort seine letzten Tage verleben kann.“

Sie wollte aufbegehren, schreien, Nein sagen, aber nichts dergleichen kam aus ihrem Mund, ganz im Gegenteil. „Ja“, sagte sie, erstaunt über ihre eigene Stimme.

„Nur dort werde ich dieses Buch schreiben können“, sprach Antoine weiter.

„Ja“, sagte sie wieder.

Eine Frage brannte ihr auf der Zunge: Wirst du zurückkommen?, aber sie schaffte es, sich zu beherrschen und sie nicht zu stellen. Das durfte sie nicht. Antoine hatte beschlossen, das zu tun, was sie selbst nicht fertig gebracht hatte, nämlich seinen Vater bis zum Ende zu begleiten. Und auch er musste, genau wie sie, zu seinen Ursprüngen zurückkehren, zu seiner Wahrheit. Sie hatte nicht das Recht, ihn zurückzuhalten.

Sie zitterte trotz der Wärme, er nahm sie in die Arme und murmelte: „Ich wollte es dir schon lange sagen, aber bei dem, was du in der Fabrik durchgemacht hast, konnte ich es einfach nicht. In acht Tagen bin ich fort."

Sie atmete tief durch und hob den Kopf, damit er sie küsste. Sie schloss die Augen und wusste nicht mehr, wo sie war, vergaß für einen Moment, was eben geschehen war. Aber sobald sie die Augen aufschlug, war der Schmerz wieder da, und in ihrem flackernden Blick war die Verzweiflung zu lesen, die sie vergeblich vor ihm zu verbergen suchte.

„Komm", sagte er.

Er wusste, was sie auch immer hinzufügten, hätte nur dazu geführt, dass sie noch stärker litt. Es war besser, wieder hinabzusteigen. Den ganzen Rückweg lang kämpfte Constance mit sich, um ihn nicht zu bitten, zu bleiben, sie nicht zu verlassen, ihm nicht zu erklären, dass sie ohne ihn nicht leben konnte. Warum redet er nicht mit mir?, fragte sie sich.

Antoine versuchte es zwar mit aller Kraft, aber jedes Wort wäre ihm nach dem, was er dort oben gesagt hatte, verletzend vorgekommen.

Als sie am Weg nach Bégude Blanche ankamen, fragte sie ihn: „Wovon werdet ihr leben?"

„Die Schwester meines Vaters lebt dort allein in ihrem Haus. Miete müssen wir also nicht zahlen. Für alles andere habe ich ein paar Ersparnisse, und dann werde ich, wenn nötig, als freier Mitarbeiter für eine Zeitung schreiben."

„Und was ist mit deinem Job hier?"

„Ich habe unbezahlten Urlaub genommen."

Da begriff sie, dass er alles genau bedacht hatte. Auf dem Rückweg sagte er ihr, dass er all seine Vögel ins Tiermedizinische Zentrum in Millau gebracht hatte, außer dem Zwergadler. „Den gebe ich dir, ehe ich fahre. Du wirst ihn freilassen, wenn du willst.“

Mit einem Nicken dankte sie ihm. In ihrem Kopf wirbelten Bilder und Worte durcheinander und formten allmählich die Vorstellung von einem Verlust, der so groß war, dass sie sich nicht an ihn gewöhnen wollte. Kurz vor Massobre, als bereits die Nacht hereinbrach, fragte Antoine sie: „Wie sollen wir es halten? Möchtest du, dass wir uns vor meiner Abreise nicht mehr sehen, oder willst du, dass wir so viel Zeit wie möglich zusammen verbringen?“

Sie wandte sich ihm zu und sagte sanft: „Zusammen natürlich!“

JEDEN Morgen fuhr Constance nach Hause und versuchte, über die Arbeit den kalten Schatten, der über ihr hing, zu vergessen. Aber sie konnte dem lächerlichen Alltagsgeschäft einfach keine Bedeutung beimessen. Zu einem anderen Zeitpunkt hätte sie es sicher genossen, dass der Bürgermeister Abbitte leisten kam und ihr mitteilte, dass die Gemeindeverwaltung etwas anderes als La Retirade gefunden und ein Grundstück am gegenüberliegenden Ende des Dorfes gekauft hatte, auf dem das besagte Altersheim nun gebaut werden würde. Aber unter diesen Umständen berührte es sie nicht. Er blieb fast eine halbe Stunde in Constances Büro, doch sie hörte ihm kaum zu.

„Ich glaube, ich werde die Krise meistern“, sagte er, als sie sich verabschiedeten.

„Umso besser“, erwiderte sie. „Das ist gut für Sauvagnac.“

„Weißt du“, fügte er hinzu, „wenn du willst, lasse ich dich für die nächsten Gemeinderatswahlen aufstellen.“

„Mal sehen.“

Sie war meilenweit von all diesen Dingen entfernt, nur ein Gedanke beherrschte sie: Antoine. Nicht einmal die guten Nachrichten, die der Großhändler meldete, entlockten ihr ein Lächeln. Da sie spürte, dass sie drauf und dran war, den Boden unter den Füßen zu verlieren, griff sie nach der Krücke, die die Handelskammer ihr reichte, als sie sie zu einem Wettbewerb für Luxusklassemesser einlud, die für den Vorderen Orient bestimmt waren. Sie ließ Anselme und Laurent zu sich kommen und setzte ihnen das Projekt auseinander.

Aber sobald sie im Auto nach Massobre saß, wurde ihr klar, wie zerbrechlich diese Krücke war. Alles kam ihr leer vor, unnütz, von erdrückender Trostlosigkeit, und sie merkte, dass sie schließlich zusammenbrechen würde. Trotzdem zwang sie sich, an diesem Nachmittag und Abend in Antoines Gesellschaft möglichst fröhlich zu wirken. Auch die Nacht war sehr schön, warm, voller Zärtlichkeit und gemurmelter Worte. Aber am Morgen verließ sie Antoine so schnell wie möglich, so als müsste sie fliehen.

In Sauvagnac frühstückte sie mit Marie und teilte ihr mit, dass sie auf einer kurzen Rundreise die Händler im Bordelais abklappern wollte. „Ich dachte, das sei vorbei!", wunderte sich Marie.

„Das ist auch das letzte Mal", antwortete Constance. „Es geht um ein kleines Problem in Libourne, das ist alles."

„Soll ich deine Reisetasche packen?"

„Nur das Allernötigste."

Auch Anselme und Laurent waren höchst überrascht über diese Reise, aber sie waren zu sehr mit dem Messer für den Vorderen Orient beschäftigt, um ihrer Verwunderung Ausdruck zu verleihen. Laurent hatte in der letzten Nacht einen sehr schönen Prototyp gezeichnet, mit einem sichelförmig geschwungenen Griff, auf dem ein Wappen prangte, das einen Falken zeigte, und einer sehr eleganten Klinge. Anselme schlug vor, Damaszener Stahl zu verwenden und für den Griff Holz aus den Wüstengebieten von Arizona.

„Einverstanden", meinte Constance nur. „Ich kümmere mich um die Einsendung der Unterlagen, sobald ich zurück bin."

Trotzdem zögerte sie noch den ganzen Morgen abzufahren, rettete sich ein weiteres Mal in ihr Zimmer, dorthin, wo ihre wertvollsten Schätze sich befanden, um wieder zu wissen, was sie zu tun hatte. Kurz vor Mittag dachte sie wieder an die Qual, die sie in

Massobre erwartete, und schaffte es endlich, ins Auto zu steigen und in Richtung Rodez loszufahren. Von da aus ging es weiter nach Toulouse, dann Bordeaux.

Sie hatte Hunger und aß, allein in dem riesigen, menschenleeren Speisesaal eines Dorfrestaurants, dessen knallrote Tischdecken ihr einen kalten Schauer über den Rücken jagten. Sie versuchte so schnell wie möglich wieder zu entkommen, zahlte und floh. Um diese Uhrzeit hätte Antoine verstanden, wüsste schon, dass sie nicht mehr kommen würde. Vielleicht hatte er sogar auf La Retirade angerufen, und wenn Marie ihm dann erzählt hatte, dass Constance auf eine Geschäftsreise gegangen war, würde er die Botschaft begreifen können. Jetzt hatte sie keinen Grund mehr umzukehren.

Sie fuhr weiter, nicht bis Bordeaux, sondern bog in Langon von der Autobahn ab und hielt sich geradeaus bis Libourne. Sie suchte sich ein Hotel, wo sie, um nicht in Versuchung zu kommen zu telefonieren, ein Schlafmittel nahm und früh ins Bett ging.

Am nächsten Morgen fragte sie sich, was sie hier eigentlich machte, ganz allein in dieser fremden Stadt, und sie ging lange am Ufer der Isle spazieren. Dann plötzlich wurde es stärker als sie: Diese Abwesenheit, diese Entfernung zwischen ihr und Antoine taten ihr so weh, dass sie losstürzte, die Passanten auf dem Weg zu ihrem Auto anrempelte, nervös die Wagentür aufschloss und dann davonbrauste, als hinge ihr Leben davon ab. Nun hatte sie es nur noch eilig: Sie fuhr und fuhr, immer schneller, um Antoine noch einzuholen, ihn aufzuhalten, um nicht mehr so furchtbar zu leiden, wie sie inzwischen auch körperlich litt, mit einem Druck auf der Brust, der ihr die Luft zum Atmen nahm.

Ihr war nur noch eins auf der Welt wichtig: Antoine um jeden Preis zu behalten.

Mitten am Nachmittag kam sie in Massobre an und fand die Tür verschlossen. Sie durchquerte den Garten und stellte fest, dass die Voliere leer war. Sie stieg wieder ins Auto und fuhr mit einer ganz unsinnigen Hoffnung nach Sauvagnac. Aber das Erste, was sie auf der Terrasse des kleinen Hauses von Anselme und Marie erblickte, war ein Gitterkäfig, in dem sie sogleich den Zwergadler erkannte. Da wusste sie, dass Antoine sie verstanden hatte und dass sie von nun an allein auf der Welt war.

# 19

Drei Tage waren vergangen. Constance nahm den wunderschönen Juni kaum wahr, der ihr vor einem Jahr so sehr geholfen hatte, den Tod ihres Vaters zu verkraften. Das Morgenlicht, der Duft nach frisch gemähtem Heu, die Mauersegler im grünen Abendhimmel, das Raunen der Nacht durch das geöffnete Fenster, all das zusammen hätte sie normalerweise beruhigt. Aber sie lebte nicht mehr. Sie ging nicht einmal mehr nach draußen, trotz Anselmes spitzer Bemerkungen wegen des Adlers: „Sag mal, wann schaffst du uns eigentlich das Vieh vom Leib?“

„Morgen, ich verspreche es.“

„Na, hoffentlich. Außerdem kommst du so an die frische Luft.“

In der Manufaktur ärgerte er sich über Constances Mangel an Begeisterung, und das, wo die Geschäfte so gut liefen: Die Bestellungen blieben nicht wieder plötzlich aus, das Messer für den Nahen Osten nahm Gestalt an, die Maschinen gingen nicht mehr kaputt, und die Männer arbeiteten voller Zuversicht. Marie machte sich noch mehr Sorgen als Anselme. Als Constance sich am Sonntagnachmittag immer noch weigerte, spazieren zu gehen, explodierte sie schließlich: „Meine Güte! Er wird schon wiederkommen, dein Antoine!“

„Ich habe ihn nicht darum gebeten“, erwiderte Constance. Wie sollte sie erklären, dass sie ihn, gerade weil sie ihn liebte, hatte gehen lassen? „Ich habe mich noch nie so einsam gefühlt“, sagte sie leise.

„Na, vielen Dank für das Kompliment“, versetzte Marie.

„Du weißt doch genau, was ich damit sagen will."

„Ja, meine Kleine", erklärte Marie mit einem seltsamen Lächeln. Sie ergriff ihre Hände und sagte: „Und dabei hast du einen Sohn."

„Das ist nicht komisch", empörte sich Constance und zog ihre Hände zurück.

„Nein, komisch ist es nicht", entgegnete Marie leise, „aber wahr. Er ist hier."

Constance hatte das Gefühl, als geriete die Welt um sie ins Schwanken. Ihr Herz raste wie verrückt, und sie fragte mit einer Stimme, in der sich Ungläubigkeit und Wut die Waage hielten: „Was erzählst du da eigentlich? Bist du wahnsinnig geworden?"

„Nur die Wahrheit, meine Kleine. Dein Sohn ist hier: Es ist Laurent."

Ein langes Schweigen machte sich breit, dann stammelte Constance: „Das ist nicht wahr."

„Doch, es ist wahr. Die Geschichte ist übrigens ganz einfach. Als du unter falschem Namen im Krankenhaus entbunden hast, hat meine Schwester Jeanne dort gearbeitet. Sie hat dich ohne Probleme erkannt, denn sie hatte dich hier ja ein paarmal gesehen, als du noch klein warst. Und weil sie und ihr Mann keine Kinder bekommen konnten, haben sie alle notwendigen Schritte eingeleitet, um deines zu adoptieren. Ihr Mann ist schon lange tot, und sie selbst ist ja vor zwei Jahren gestorben. Aber vorher hat sie mir und Laurent noch die Wahrheit über seine Herkunft gesagt. Es war Laurent, der hier arbeiten wollte, wahrscheinlich, um sich ein Bild von dir machen zu können, dich kennen zu lernen. Dein Vater hat nie etwas von alldem erfahren."

„Warum hast du mir nichts gesagt?", stöhnte sie.

„Laurent wollte es nicht. Ich vermute, dass er wissen wollte, wer du bist, ob du es verdienst, seine Mutter zu sein."

„Warum heute?", fragte sie immer noch ganz ungläubig.

„Er hat es so gewollt. Bestimmt, weil er gesehen hat, wie unglücklich du in der letzten Zeit warst."

„Es kann nicht sein“, sagte Constance wieder.

„Frag ihn doch selbst. Er wartet auf dich.“

„Nein, nein. Ich kann nicht. So nicht.“

Sie wischte sich die Augen, versuchte zu lächeln. „Ich schaffe es nicht“, sagte sie mit jämmerlicher Stimme, „und dabei habe ich seit zwanzig Jahren nur auf diesen Moment gewartet.“

„Er wartet auch seit zwanzig Jahren auf diesen Moment“, bemerkte Marie. „Es wäre wohl besser, wenn du jetzt auf ihn zugehst.“

Constance nickte, schluckte heftig und murmelte dann: „Aber was soll ich ihm denn bloß sagen?“

„Na, vielleicht, dass du dich darüber freust, dass er dein Sohn ist.“

Marie stand auf und goss Constance ein Glas Wacholderschnaps ein. „Trink!“, sagte sie.

Constance leerte es, wischte sich noch einmal die Augen ab und fragte: „Nimmt er es mir sehr übel?“

Marie zuckte ein wenig ärgerlich die Achseln. „Das kann nur er selbst dir sagen. Da kann ich dir nicht helfen, meine Kleine. Ich habe getan, was ich tun musste.“ Und sie fügte sanfter hinzu: „Lass ihn nicht zu lange warten.“

Constance stand auf, ging ins Bad, trocknete sich die Augen und brachte Make-up und Frisur in Ordnung. Dann ging sie, nicht ohne Marie noch einen letzten Blick zuzuwerfen, hinaus und machte die Tür hinter sich zu.

ALS SIE in der Mitte des Hofes angelangt war, atmete sie tief durch, und mit dem Gefühl, als müsse ihr Herz zerreißen, überwand sie die paar Meter, die sie noch von der Tür trennten. Sie klopfte zweimal an und hörte, wie eine fast unkenntliche Stimme sie bat einzutreten. Sie stieß die Tür auf, ging hinein und blieb dann wie gelähmt stehen.

Als er sie erblickte, stand er auf, aber der Küchentisch trennte sie voneinander. Ihre Augen standen so voller Tränen, dass sie ihn kaum sehen konnte.

„Wahrscheinlich“, flüsterte sie atemlos, „weiß niemand so genau, was man in einer solchen Situation eigentlich sagt.“

„Nein“, erwiderte er. „Ich jedenfalls auch nicht.“

Er ging um den Tisch herum, blieb vor ihr stehen und nahm sie in die Arme.

Da merkte sie, dass er größer war als sie, und ohne dass sie hätte sagen können, warum, brachte diese Feststellung sie noch mehr aus der Fassung. Sie blieben lange so stehen, reglos und schweigend, bis sie, ohne den Kopf zu heben, murmelte: „Warum sagst du nichts?“

„Weil ich dir ja an jenem Abend im Büro der Manufaktur schon alles gesagt habe.“

Das verstand sie nicht und sah ihn fragend an.

„Damals habe ich dir gesagt, dass du nicht allein bist.“

„Mein Gott“, hauchte Constance.

Es folgte ein langes Schweigen, das sich keiner von ihnen so recht zu brechen traute.

„Was werden wir jetzt machen?“, fragte sie schließlich.

„Ich weiß auch nicht“, antwortete er. „Vielleicht sollten wir als Erstes einen Spaziergang zusammen machen.“

„Gehen wir!“, sagte sie, ohne allerdings sicher zu sein, dass sie die Kraft dazu aufbringen würde.

Er nahm sie beim Arm, und sie gingen hinaus, die Straße entlang, die hinauf aufs Plateau führte. Schweigend gingen sie bis zur Kuppe und setzten sich dann aneinander gelehnt an den Fuß einer alten Eiche. Der Abend nahte, machte die Luft milder und ließ die Blätter der Eiche erzittern. In weiter Ferne hörte man Rufe von den Höfen und den Schrei der Schwalben, die sich in wilden Runden durch die Luft jagten.

„Warum hast du so lange gewartet?“, fragte Constance sanft. „Es ist jetzt ein Jahr her, dass ich zurückgekommen bin.“

Und sofort bedauerte sie es, diese Frage gestellt zu haben, denn sie wusste, dass die Antwort ihr wehtun würde.

„Wenn man einmal abgewiesen worden ist, hat man Angst, dass einem das ein zweites Mal passiert. Das gehört zu den Dingen, an denen man zerbrechen kann."

Sie hatte das Gefühl, als stoße ihr jemand einen Dolch ins Herz, wusste nicht, was sie sagen sollte.

Aber er fuhr fort: „Ich habe mir Zeit gelassen, dich zu beobachten, und dann habe ich gewusst, dass es kein zweites Mal geben würde."

Sie wandte sich ihm zu und lächelte.

„Seit ein paar Tagen", sprach Laurent weiter, „hast du so unglücklich gewirkt, dass ich Marie gebeten habe, dir die Wahrheit zu sagen. Gibt es daran etwas, was du nicht verstehen kannst?"

„Nein, gar nichts", antwortete Constance.

Sie schwiegen wieder. Weit unten färbten sich die Dächer von Sauvagnac rot. In der Ferne erklang von einem Kirchturm in der Nähe von Sévérac das Angelusläuten.

„Und mein Vater?", fragte Laurent plötzlich.

Constance fuhr zusammen. Ein Gefühl der Panik durchzuckte sie, aber dann sagte sie sich, dass dies eine ganz natürliche Frage war.

„Das werde ich dir demnächst sagen. Lass mir ein wenig Zeit!"

Er nickte, stand auf und streckte ihr eine Hand hin. Er fragte sie, was eigentlich mit dem Adler sei, der da in seinem Käfig vor dem kleinen Häuschen stand, und sie erklärte es ihm.

„Ich muss ihn morgen unbedingt freilassen. Hilfst du mir?"

„Einverstanden", antwortete er. „Du kannst dich auf mich verlassen."

„Man muss sehr früh aufstehen", erklärte sie noch, „und man braucht Handschuhe."

„Die habe ich bestimmt."

Sie gingen noch eine Weile nebeneinander her, und Constance

fiel plötzlich Vanessa ein. Wie würde sie ihrer Tochter erklären, dass sie einen Bruder hatte? Heute ging wirklich alles ein bisschen schnell. Sie entschied sich dagegen, Laurent ihre Bedenken anzuvertrauen, und sagte sich schließlich, dass dies vielleicht sogar ein Mittel wäre, ihre Tochter hier zu halten. Vanessa fand ihn eher sympathisch. Vielleicht hielt Constance da einen Schlüssel für die Zukunft in Händen.

AM NÄCHSTEN Morgen überraschte der Sonnenaufgang sie, als sie gerade auf der Höhe des Dörfchens Parade auf dem großen Kalkplateau anlangten. Constance, die fuhr, überquerte die riesige leere Fläche, bog dann nach links Richtung Drigas ab und hielt dort an, wo auch Antoine immer parkte. Dann gingen sie auf die nackte Anhöhe zu. Als sie oben angelangt waren, betrachteten sie eine Zeit lang den Himmel, der sich am Horizont von Rosa zu Blau verfärbte.

„Man muss sie immer morgens freilassen, damit sie genug Zeit haben, einen Unterschlupf zu finden", erklärte Constance.

Die Hochebene sah aus wie eine gerade entstehende Welt, tauchte aus einem Meer aus Dunst auf. Von weitem hörte man das Gebimmel einer Schafherde, die aber unsichtbar blieb.

Laurent zog seine Handschuhe an, öffnete den Käfig, holte den Zwergadler heraus und setzte ihn auf Constances behandschuhte Hand. Er war nicht schwer, nicht viel schwerer als ein normaler Bussard. Constance dachte mit aller Kraft an Antoine und hob den Arm. Überrascht schlug der Vogel mit den Flügeln, hob aber nicht ab. Sie sprach mit ihm, so wie sie es bei Antoine gehört hatte. Dann machte sie erneut eine abrupte Bewegung mit dem Arm, und der Adler hob ab, erst langsam und zögerlich, wie verwundert, und dann flog er wirklich los und stieg hoch in den Himmel. Constance legte den Kopf in den Nacken und beobachtete ihn. Er kreiste kurz über ihnen, schien zu zögern, und dann flog er weiter, weit fort. Nach ein paar Minuten verschwand er hinter einem Dunstschleier.

Constance wandte sich zu ihrem Sohn und sagte: „Er ist nach Südwesten geflogen. In Richtung Spanien. Ich meine, das hoffe ich."

„Komm!", meinte Laurent sanft.

Aber sie konnte nicht fortgehen von diesem Ort, der für sie bewohnt war. Sie zitterte und rührte sich nicht von der Stelle.

„Antoine hat mir eines Tages von Zugvögeln erzählt", sagte sie mit schwacher Stimme. „Sie verschwinden in der Ferne, aber an einem anderen Ort leben sie weiter, man kann sie nur nicht sehen. Und manche kehren sogar zurück, manchmal… Das stimmt doch, oder?"

„Natürlich", sagte Laurent. „Sie kommen immer zurück."

Sie lehnte sich an seine Schulter, und es schien ihr, als läge darin das Versprechen zu einem neuen Leben. Schon bald, vielleicht. Solange es Vögel am Himmel gab.

## CHRISTIAN SIGNOL

Der Roman *Die Verheißung der Quelle* stellt für Christian Signol eine Zustandsbeschreibung der heutigen Gesellschaft dar. „Es ist zwar nur ein Roman, eine erfundene Geschichte, doch Tatsache ist, dass immer mehr Menschen

das Verlangen spüren, die urbane Zivilisation zu verlassen mit ihren ausufernden Städten, in denen man nicht glücklich wird und in denen man leicht Gefahr läuft, depressiv zu werden. In der ländlichen Welt hingegen finden sich die wahren Reichtümer." Christian Signol, der in Frankreich längst Bestsellerautor ist, beschreibt den Gegensatz zwischen Stadt- und Landleben gern in seinen Romanen und läßt sie dementsprechend oft auf dem Land spielen. Schon sehr früh erfuhr er selbst diesen Gegensatz. Signol wurde in dem kleinen Dorf Bayssac im Quercy geboren, ganz in der Nähe des Schauplatzes von *Die Verheißung der Quelle*. Als er mit elf ins Internat in der Stadt musste, bekam er schreckliches Heimweh nach seinem Dorf; und das Gefühl, im Exil zu leben, ließ ihn jahrelang nicht los. Der Autor ist davon überzeugt, dass er mit seinen Geschichten die Menschen für die Schönheit des Ländlichen und die Vorzüge des Landlebens sensibilisieren kann.
Der Roman *Die Verheißung der Quelle*, der fürs französische Fernsehen verfilmt wurde, ist das erste Buch, mit dem sich Christian Signol auch dem deutschen Publikum vorstellt.